KB037826

홋카이도,
여행,
수다

그 여자의 킨포크 라이프

홋카이도, 여행, 수다

그 여자의 킨포크 라이프

지은이 송인희

초판 1쇄 발행일 2015년 11월 25일
2쇄 발행일 2015년 12월 21일

기획 및 발행 유명종
편집 이지혜
디자인 이다혜
조판 현프린테크
용지 에스에이치페이퍼
인쇄 완산정판인쇄

발행처 디스커버리미디어
출판등록 제 300-2010-44(2004. 02. 11)
주소 서울시 종로구 사직로8길 34 경희궁의 아침 3단지 오피스텔 431호
전화 02-587-5558
팩스 02-588-5558

© 송인희, 디스커버리미디어, 2015

ISBN 978-89-969116-7-8 03810
*이 책은 저작권법에 따라 보호받는 저작물이므로 무단 전재와 무단 복제를 금합니다.
이 책의 전부 또는 일부를 이용하려면 반드시 저자와 디스커버리미디어의 동의를 받아야 합니다.
*사진을 제공해 준 삿포로시관광문화국, 일본정부관광국(JNTO), 홋카이도관광진흥청,
오타루관광협회, 리시리후지관광협회, 루스츠리조트, 무로란관광협회, 치토세시관광진흥과,
토카치관광연맹, NPO법인아쇼로관광협회에 감사드립니다.

홋카이도,
여행,
수다

그 여자의 킨포크 라이프

송인희 지음

디스커버리미디어

발 밑으로 별처럼 흩어진 마을들을 지나
우리는 북쪽 섬으로 간다.
보이지 않는 그 무언가를 찾아
망망대해를 떠도는 탐험가처럼
아무것도 알지 못한 채 좌표를 틀었다.
바람은 북으로, 북으로 불었다.

섬을 거닐면, 계절에도 경계선이 있을 거라는
이상한 확신이 생겼다. 여기서 열 걸음 더 가면
여름풀이 무성하고, 백 걸음 더 가면
청초한 겨울 밤이 있을 것 같은 착각이 들었다.
광활한 대지와 자연 속에서, 나는 변두리 같은 존재였다.
그 위치가 마음에 들었다.

저녁이 있는 '삶'을 되찾았다.

밤은 무척 길었다.

겨울 해는 4시가 되면 사라졌다.

밤에 할 수 있는 것들이 이렇게 많다는 사실에

나는 흥분됐다. 이곳으로 오길 잘했단 생각으로

충만한 밤들이었다.

어느 순간 아무도 말을 하지 않고 바다만 응시했다.

아마도 각자가 가지고 온 애틋하면서도 그리운 감정이

소용돌이쳤던 순간이었다고, 나는 추측한다.

잠시 뒤 아무렇지 않은 척 감정들을 파도에 떠나 보내고,

바람에 머리칼을 휘날리며

샤코탄 블루 빛 아이스크림을 먹었다.

언덕의 굽은 선을 보며
둥글게 사는 게 옳다고 다시 한 번 확신했다.
어쩌면 세상의 공기를 입으로 들이마시기 전부터
그랬을지도 모른다. 엄마의 자궁이 그러했다.
비에이는 둥그런 엄마 뱃속을 닮아 있었다.
눈물이 날 것 같았다.

구름장이 도돌이표처럼 몰려들었고,

나는 자전거 페달을 밟았다. 무엇이든 될 대로

되게 두는 섬사람의 마음을 마침내 훔쳐냈을 즈음,

나는 섬을 떠나고 있었다. 이 마음은 곧 어디론가

둥둥 떠다니다가 자오선을 지나기도 하겠지.

그러다 지구의 어딘가에 머무는 나를 다시 만나러 오겠지.

목차

작가의 말

낯선 설렘
첫 번째 겨울

실연했다면 홋카이도로 가라 18
하코다테의 심야식당 28
일본에 '스끼다시'는 없다 38
온천에 누워 기억을 호출하다 46
비에이, 아! 비에이 54

달뜨는 몸과 마음
북국(北國)의 봄·여름

산다는 건living 사는 것buying의 연속 66
산자락 도서관 유랑 72
홋카이도 봄 산책 78
루스츠 소풍 86
여름, 예술과 밀회를 즐기다 92
함박조개 카레와 무로란 8경 100
남동부 해안 1박 2일 몽환 여행 108
샤코탄 블루와 니세코의 별 헤는 밤 116
일본의 사소한 고독과 편의 126

겨울을 기다리는 감각
짧지만 강렬한 가을

시코츠 호수, 밤의 기억 132
쉘 위 스위츠 in 홋카이도 140
삿포로 돔, 그날의 야구 146
오비히로, 가을, 그곳으로 가고 싶다 152

온몸에 스미는 새하얀 설국
두 번째 겨울,
그리고 섬 살이의 끝

오색으로 빛나는 온네토 호수 162
오타루, 누군가의 전생 같은 도시 168
토마무, 겨울의 말글 178
설국에서 겨울을 즐기는 방법 186
눈과 얼음으로 가득한 축제 192
나의 섬은 어떤가요 200
에필로그, 아주 달콤했던 인생 한 조각 212

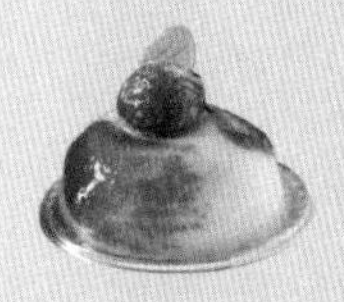

작가의 말

느긋한 설렘을 위하여

나의 별은
어디서 노숙하는가
은하수
-고바야시 잇사

이야기의 시작은 2013년 6월, 우리 부부가 홋카이도로 휴가를 갔던 때로 거슬러 올라간다. 허공에서 까마귀가 울고 있었다. 언덕 위로 검은 날갯짓이 스며들었다. 항구 도시를 감싼 구름 사이로 해가 비추다 사라졌다. 그때마다 단단한 무언가가 마음을 스쳤다 떠나는 듯했다. 띵동띵동, 건널목 신호가 아스라이 울려 퍼지면 거리로 나가 어디에라도 들이대고 싶었다.
"우리 여기 와서 살아 보자. 어때?"
그는 흥분된 마음을 감추지 못했다. 아니, 감추려는 기색조차 없었다.
볼부터 귀 전체까지, 부끄러운 짓을 하다 들킨 사람처럼 빨개졌다.
세상에나! 자전거를 타며 청혼하던 순간에도 저 정도는 아니었지 싶다.

"그래."

내가 뱉은 말은 고작 그 한 마디였다. 수능 시험장의 한기, 첫 미팅의 설렘에 버금가는 기억에 남을만한 순간이었다. 인생의 결정적인 선택은 뜻밖의 짧은 단어로 이루어질 수 있나 보다.

그해 가을, 서울 하늘은 계절을 알고 청명했다. 시무룩해 있던 창가의 난타나가 한참 피우지 않던 꽃을 내밀었다. 6월과 가을 사이에는 유난히 기억에 남을만한 일들이 줄지어 일어났다. 그리고 남은 건, 떠남이었다. 직장을 정리한 남편은 집을 구하러 먼저 떠났다. 애지중지 마련한 혼수는 중고 시장으로 팔려갔다. 이민에 가까운 짐을 꾸리는 건 내 몫이었다. 30kg짜리 짐 상자 스물일곱 개를 비행기에 실어 보냈다. 짐을 싸면서 혼자였던 시간이 힘들지는 않았다. 눈앞의 짐이 마음의 짐을 덜어주었다고 할까. 안 좋은 일도, 좋은 일도, 시간을 맞추어 일어나주었던 것 같다. 딱 견딜 수 있을 정도로. 그래서 행복한 기억만 걸러내 담아갈 수 있을 만큼의 시간이 내 앞에 있었다.

나는 이미 회사를 그만둔 뒤여서, 새로운 시작에 조금 들떠 있었다. 여러 종류의 환송회로 안녕의 인사를 나눴다. 독서, 드라마, 맛집 탐방 등으로 '잉여로운' 시간을 보낸 뒤에야 11월이 왔다. 그렇게 일본의 북쪽 섬, 홋카이도北海道로 떠났다.

미련은 없었다. 정시가 되면 열차가 문을 닫고 경적을 울리며 떠나는 것처럼.

삿포로에 다시 발을 디뎠을 땐, 단풍과 함께 성큼, 겨울이 눈앞에 다가와 있었다.

결혼 전에도, 결혼 후에도 무난한 삶을 살아왔다. 특별히 떠나야 할 결정적인

사건도 없었다. 잔잔한 파도 같던 내 인생의 물결은 언제 왔나 싶게 다시 뒷걸음질 치곤 했다. 그렇게 계속 파도가 왔다 가길 반복하면 모래는 예전의 그 모래가 아니었다. 그걸 조금 뒤늦게 발견한 것뿐이다. 그 일상의 모래에 나는 매일 다른 글자를 새겨 보기로 했다. 새로운 길을 걷고 보는 것만으로도 완성되는 글자들이 나를 기다리고 있었다. '아프리카를 자전거로 여행하는 신혼부부, 사표를 내고 세계여행을 떠난 사람, 60대 엄마와 함께 배낭여행을 떠난 아들…….' 요즘 사람들 홀연히 떠나기도 참 잘하더라, 했다. 어쩌다 보니 '그래'라는 단어 하나로 홀연한 사람들 속에 내가 끼어들었다. 질서정연한 사거리 교차로에서 불법 유턴이라도 한 기분이었다. 마음이 내는 소리를 따라가다 보면, 퍼즐은 어떻게든 맞춰졌다. 우리는 줄이 끊긴 마리오네트처럼 늘어져 고요하고 소중하게 시간을 낭비했다. 24시간을 빠듯하게 채워 살지 않아도 된다며 조바심 나는 마음을 진정시켰다. 섬 전체가 나만의 은밀한 세계가 되어주었다. 온전히 사적인 시간을 즐기기에 일본은 좋은 나라였다. 1인용 식사와 나홀로 여행이 존중 받았다. 집밖으로 나가면 여행이었다. 홋카이도의 자연은 무서울 정도로 광활하고 원시적이었다. 눈과 귀는 물론, 세포 하나하나가 자연의 변화와 계절의 경계선에 민감해졌다. 우리는 습자지에 떨어진 잉크 얼룩처럼 갑작스럽고 조심스럽게 홋카이도에 스며들었다. 신선한 해산물과 달콤한 케이크가 가득했고, 맥주는 호프 향이 깊었다. 미세한 경이로움과 떨림으로 충만한 일상과 여행이 이어졌다.
2013년 11월 한국을 떠났고, 2015년 2월엔 홋카이도를 떠나왔다. '떠남'에서 시작한 여정은 '떠남'으로 마침표를 찍었다. 그 사이의 시간은 여행이기도 했고 생활이기도 했다. 꽤 빈둥거렸고, 오랜만에 책상에 앉아 공부도 했으며, 삼십 대에 맞은 오춘기의 열병을 앓으며 남은 생의 진로를 따져보기도 했다. 홋카이도에 살기로 했던 건 커다란 행운이기도 했으나, 어이없는 불운일 때도 있었다. 이따금씩 파티 같았고, 싸우기도 많이 싸웠으며, 막연한 그리움과 출구 없는 현실이 닥쳤을 땐 속절없이 술만 퍼마셨다. 그러다가도 봄 햇살에 녹는 듯한 행복감이 품속으로 파고 들었다. 그럴 때면 이게 다 꿈인가 싶어 눈을 끔뻑였다. 이 책에서 전하는 이야기는 지극히 주관적인 홋카이도다. 긴 전화 통화를 마치는 여자의 수다처럼, 생활 여행 이야기는 밑도 끝도 없다. 일상엔 쉼표가 없고, 인생은 예측 불가능한 일상으로 이루어진다. 풀어놓는 모든 이야기의 결론은 항상 비슷하다. '자세한 이야기는 다음에 만나서 하자. 뚜뚜뚜…….' 그럼에도 단 하나, 내 수다를 접하는 사람들이 부디 훔쳐갈 만한 이야기이기를 바란다.

고마운 사람이 많다. 무명 작가에게 아끼지 않고 인내와 응원을 주신 디스커버리미디어와 유명종 편집장님, 손민규님과 채널예스. 서툴게 다룬 글을 기꺼이 읽어주실 모든 분들, 연락에 게으른 나를 잊지 않아주는 친구들. 마지막으로 사랑하는 남편과 가족 모두에게 내 마음을 전한다. 덕분에 나는 두근거릴 수 있는 삶으로 돌아가는 중이다.

2015년 늦가을, 송인희

낯선 설렘

첫 번째 겨울

お喋り 01

실연했다면 홋카이도로 가라

하루키의 굴튀김에 견줄만한 위로와 격려

한국에서 폭설이 내릴 때도, 홋카이도의 눈은 깜깜무소식이었다. 지난 며칠은 따스하기까지 했다. 지루함이 익숙해질 무렵 마침내 폭설이 내렸다. 그때 불쑥 손님이 찾아왔다.

우리를 찾아온 첫 번째 손님이 꺼낸 말은 '나 헤어졌어'였다.
우연일까? 일본 사람들은 '실연하면 홋카이도로 가라'는 말을 종종 쓴다.
오죽하면 『실연 소녀의 식사』라는 만화도 등장했을까. 실연당한 여자가 삿포로의
맛집을 탐방하며 자신을 되찾는다는 내용이다. 어느 여행사 사이트엔
아예 '상심여행 넘버원'이라는 테마로 홋카이도를 따로 분류해 놓기까지 했다.
실연자들은 왜 홋카이도로 가는 걸까? 이유를 캐는 일은 조금 뒤로 미루어 두자.
어쨌든 우리에겐 잊어야 할 무언가가 늘 존재하기 마련이다. 그 무언가를
잊기 위해, 혹은 실연의 허기를 달래기 위해 한 여자가 홋카이도로 왔다.
덕분에 미뤄두었던 관광을 제대로 했다.

"한때 채식을 하려고 했어. 오래전부터 생각했는데, 구제역 파동 때 비로소
결심했지. 근데 점심시간마다 적당한 메뉴를 찾는 게 너무 힘든 거야. 하다못해
국물도 다 고기로 내잖아. 고민하다 일주일에 하루만 고기를 안 먹기로 했지.
채식한 다음 날이면 삼겹살 2인분을 먹어 치우고 있더라. 고기를 포기하는 일이
생각보다 어렵더라고. 어려서부터 육식을 안 했으면 모를까."
돼지기름을 둥둥 띄운 삿포로 라멘을 코앞에 두고 실연자와 나누는 대화가 고작
이거라니. 게다가 내 말에 맞장구 치는 친구의 표정이 꽤 진지했다.
"그래? 책에서 읽었는데, 육식을 하려면 하등 동물부터 먹는 게 맞대.
한국에 돌아가면 소고기는 먹지 않으려고 해. 소는 인간과 너무 가깝잖아.
가장 좋은 건 땅에서 나는 채소, 그 다음은 생선, 닭, 돼지 순서야."

2F

몇 마디 말로 아픈 영혼이 치유될 수 없음을 알기에 그녀를
위로하려고 애쓰지 않았다. 하루키는 굴튀김으로부터 격려를 얻었다.
홋카이도의 우리는 사케 몇 잔에 심심한 위로를 받았다.

나는 쫄깃한 면발에 감탄하며 고개를 끄덕였다. (집중적으로) 육식을 하는 주제에 생명에 등급이나 매기고 있다니. 위선과 모순이란 단어의 기원은 인간임이 분명하다. 낮에 나눈 채식에 대한 대화는 그새 잊은 거였나. 결국 날이 저물자 불을 피우고 싶은 본능이 치밀어 올랐다. 우리는 삿포로 최대의 번화가 스스키노 한복판을 개선장군처럼 가로질렀다. 뺨을 때리는 폭설을 뚫고 드디어 목적지에 도달했다. 그 이름 '징기스칸'양고기 로스구이를 부르는 홋카이도식 이름. 이왕 이렇게 된 거, 우리는 야만성에 불을 붙였다.
"우와, 양고기에서 냄새가 하나도 안 나네. 정말 맛있다.
입안에서 사르르 녹는 게 꼭 소고기 같아."
돌아가면 소고기는 먹지 않겠다던 실연 여행자는 양고기를 입에 넣으며 최고의 찬사를 하고 있었다. 식당 안은 고기 냄새와 숯불 연기로 자욱했다.
종업원 아주머니가 화로 위에 둥글게 솟은 철제 불판을 얹어줬다.
가운데엔 비계 한 덩이를 올리고, 홈이 파인 가장자리엔 양파와 파를 둘렀다.
이어서 생맥주와 싱싱한 생고기가 나왔다. 아주머니가 익으면 바로 먹으라는 팁을 건넸다. 양파는 흘러내린 기름에 살짝 튀겨졌다. 잘 익은 고기를 양념장에 찍어 먹었다.

밤은 길었다. 콸콸. 투명한 술은 이미 잔을 넘쳐 흐르고 있었다.
홋카이도 넓은 평야에서 자유를 갈망했을 쌀. 햇빛과 하늘거리는 바람에 마음이 싱숭생숭했을 알맹이. 몇 해가 지나고 그 쌀은 우리 앞에 놓였다.

발효와 증류를 거친 한 홉一合, 이치고우의 투명한 술이 되어.

사케는 목을 타고 들어와 핏줄을 따라 유영했다. 그렇게 태양과 남동풍한테

얻은 따뜻함을 남겨놓고 곧 영영 떠나겠지. 낮에는 육식과 채식 사이에서

상념에 잠기더니, 밤에는 술에 취해 쌀로 철학 하는 시늉을 했다.

자유를 꿈꾼 쌀알, 따뜻하게 오른 취기. 왠지 모르게 하루키의 굴튀김이 떠오르는

풍경이었다. 골방에서 책을 읽던 나를 허기지게 했던 그 굴튀김.

추운 겨울날의 해질녘에 나는 단골 레스토랑에 가서 맥주 삿포로

중간 병와 굴튀김을 주문한다 …… 불과 얼마 전까지만 해도

어느 깊은 바닷속에 있었다. 아무 말 없이 꼼짝도 않고, 밤낮도

없이 단단한 껍데기 속에서 굴다운 것을 (아마도) 생각하며 지냈다.

그런데 지금은 내 접시 위에 있다 …… 역을 향해 걸어갈 때,

나는 어깨 언저리에서 어렴풋하게 굴튀김의 조용한 격려를 느낀다.

– 무라카미 하루키, 『잡문집』 중에서

쌀의 기운을 품은 술이 핏속에서 춤췄다. 투명한 술잔은 허공을 휘저었고,

동공 풀린 눈동자 몇 개가 마주했다. 몇 마디 말로 뻥, 뚫린 마음이, 쓰리고 아픈

영혼이 치유될 수 없음을 알기에 일부러 그녀를 위로하려고 애쓰지 않았다.

때가 되면 무언가는 잊히고, 눈빛은 추억으로 남을 거란 걸 우리는 어느새 알만한

나이가 되었다. 도쿄의 하루키는 굴튀김으로부터 격려를 얻었다.

홋카이도의 우리는 사케 몇 잔에 서린 알맹이에 심심한 위로를 받았다.
이자카야를 나와 파우더같이 고운 눈을 밟고 집으로 돌아왔다. 숙취 해소로는
감자탕 대신 스프카레 국물이 좋겠다고, 그녀도 나도 조금 과장되게 낄낄대다
잠자리에 들었다.
잠은, 쉬이 오지 않았다. 밤은 유난히 짙고 깊었다. 우리의 미래만큼이나
불투명한 유리창 밖으로 점점이 그림자가 움직이며 지나갔다. 함박눈이 내렸다.
나는 저 고운 눈이 그녀에게 위로이길, 훗날 따뜻한 기억으로 호출되길
조용히 빌었다.

다음날, 홋카이도의 아침은 설국이었다. 실연의 아픔을 잊기 위해선 단 것이
필요했다. 횡단보도 신호가 바뀌자마자 우리는 엉덩이가 빠질세라 달렸다.
그만큼 홋카이도의 케이크가 간절했다. 오후 세 시면 동이 나는 집이니
'쌔가 빠져라' 달릴 수밖에.
주인아주머니는 무심했다. 때론 미안하도록 친절하기도 했다.
아직 두 시 반밖에 안 됐는데, 진열대엔 텅 빈 허연 접시뿐이었다.
아주머니는 진열대를 등지고 묵묵히 설거지를 하며 상냥하게 맞았다.
"케이크는 다 떨어졌고, 주문은 가능해요. 죄송합니다."
"저기요, 아직 세 시도 안 됐는데…… 좀 더 만들어 두면 안 돼요?"
저 아주머니처럼 욕심을 비워야 뭐가 돼도 될 텐데. 속으로는 이렇게 생각했지만
케이크를 포기할 수는 없었다. 아예 대로로 나갔다. 오도리大通에 있는

'삿포로 스위츠 카페'Sapporo Sweets Cafe. 각자 조각 케이크를 하나씩 고르고
자리를 잡았다. 딸기 맛, 캐러멜 맛, 우유 맛. 이름 그대로의 맛이었다.
먹다가 못내 아쉬워 달달한 초콜릿 몽블랑 하나를 더 추가했다. 홋카이도에서
달콤한 것은 나의 수렵 대상이다.
최상급 바람과 공기를 머금고 자란 밀가루, 넓은 녹지에 방목하여 기른 소에서
얻은 우유, 버터, 생크림. 굳이 노래하지 않아도 신토불이가 왜 좋은지 알 수 있다.
'단 것'은 물리적으로 사람을 치유한다.
제철 생선으로 가득한 회전 초밥을 먹고 여정은 끝났다. 치유의 결과는 봄이 오면
알 수 있겠지. 사랑이 떠나 슬퍼하는 사람을 홋카이도로 이끄는 이유는 음식 말고도
많다. 유빙이 떠다니는 광활한 오호츠크해, 태고의 모습을 간직한 웅장한 자연,
미끈한 천연 온천. 홋카이도는 온 힘을 다해 마음을 잃어버린 자에게
위로의 손길을 건넨다.
너 없이 내가 어떻게 사느냐고? 당신의 뜨끈한 국물을 위해 희생된 생명의
숭고함. 한 잔 술이 되기 위해 벌판을 꿋꿋이 지켰을 쌀알의 하염없음. 쉼 없이
앞으로 나간 어느 물고기의 근면. 치유를 위해 적절하게 달콤해진 한 조각
케이크. 진공에 갇힌 듯 고요한 골목의 고운 눈길……. 홋카이도는 늘 당신 편이다.
그러므로 우리는 '나 자신'으로 다시 잘 살아야 한다.

어쨌든 시간은 사람을, 사건을, 해프닝을, 우연을, 고통을
언제나 무사히 통과하는 법이니까. - 편혜영, 『밤의 마침』 중에서

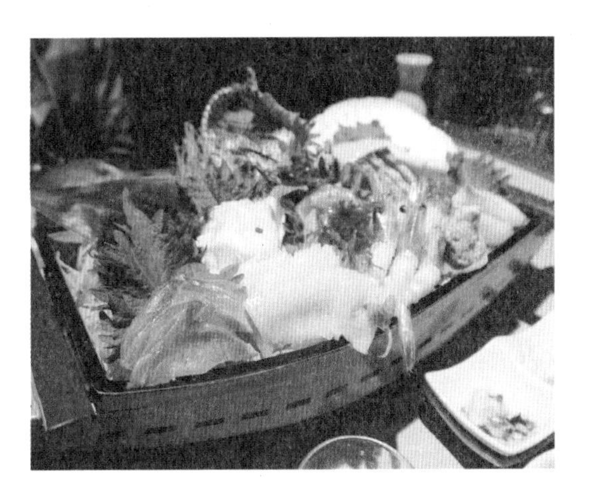

お喋り 02

하코다테의 심야식당

소박한 음식과 따뜻한 사람들

우리의 '순례 여행'은 소소하고 단출했다.

천천히 걸었다.

하코다테엔 눈으로 보고 마음으로 담을 게 지천이었다.

기차에 몸을 싣고 홋카이도의 남쪽 끝 하코다테函館로 향했다.
지난 여름, 나와 남편은 하코다테에서, 서울을 떠나 홋카이도로 이주하기로 결심했다. 여행 생활자의 시작점이 이 도시인 셈이다.
그래서인지, 이 항구도시를 다시 찾아야 한다는 일종의 의무감이 들었다.
어느 단편소설처럼, 우리의 '순례 여행'은 소소하고 단출했다. 야경 감상과 쇼핑은 생략했다. 대신 천천히 걸었다. 눈으로 보고 마음으로 담을 게 지천이었다. 우리는 전차 일일 권을 사서 여행하다가 마음이 동하면 아무 역에나 내려 천천히 걸었다. 추우면 다시 올라탔다가 다른 정거장에 또 내렸다. 5번 전차 마지막 정거장엔 거센 바닷바람 말고는 아무것도 없었다. 그때 휑한 공터에서 고양이 울음소리가 들렸다. 배고파 우는 소리임을 직감했다. 편의점으로 달려가 참치 캔을 사서 구석에 놓아두었다. 노란 고양이 몇 마리가 살금살금 걸어나와 배를 채웠다. 하리스토스 정교회 뒷골목에선 여우 한 마리를 마주하기도 했다.
물을 찾아 마을까지 내려와 녹지 않은 눈을 핥고 있었다. 절실함이었다. 수많은 생명들에겐 살아남아야 할 혹독한 겨울이었다.

해가 저물자 인적이 뜸해졌다. 가게들도 문을 닫았다. 다이몬요코초大門横丁가 떠올랐다. 포장마차 촌이 골목 한 켠에서 불을 밝히고 있었다. 우린 바가 디귿자로 된 술집으로 들어갔다. 건너편에 앉은 남자는 자신을 해군 장교라고 소개했다. 그는 거나하게 취해 슬로우 모션으로 온몸을 흐느적댔다. 피스타치오를 집더니 껍질째 씹어 삼켰다. 저 딱딱하고 떫은 걸 어떻게 하려고? 보는 사람이

고통스러울 정도로 장교의 얼굴이 일그러졌다. 우리 옆에는 마흔이 좀 안 되어 보이는 취객 1과 2가 나란히 앉아있었다. '피스타치오 장교'를 말리기는커녕, 나더러 찡그린 모습을 사진으로 남기라고 했다. 그들은 무척이나 재미있는 표정이었다. 얼마 뒤 취객 3과 4가 등장했다. 야근을 마치고 온 사장과 중년의 여직원이었다. 그들은 자리에 앉기도 전에 손가락을 하늘로 찔러대며 춤을 추었다. 그리곤 아무렇지도 않게 술과 안주를 주문하고 좁은 좌석 사이에 끼어 앉았다. 여주인은 반숙 달걀과 감자조림을 뚝딱 만들어 내놓았다. 안 되는 거 빼고 다 되는 분위기였다. 사람들은 그녀를 '마마'라고 불렀다. 손님들의 각기 다른 세상살이가 등장했다 물러났다. 호텔로 향하는 전차는 이미 끊긴 지 오래였다.

아베 야로의 『심야식당』이 하코다테에 있다면 여기가 아닐까 싶었다. 일상에 지친 사람들의 허기와 마음을 채워주는 야밤의 포장마차. 그곳은 미슐랭 가이드의 별로 매길 수 없는 가치와 추억을 선사한다. 옆 사람이 주문한 음식을 따라 주문하고, 취기 묻은 이야기와 소박한 웃음을 나눴다. 아베 야로는 '심야는 고백하기 좋은 특별한 시간'이라고 말했다. 그래서였을까? 택시에 타려던 우리를 붙잡고 마마가 나에게 귓속말을 했다.

"사실은 제 남편이 자이니치在日, 재일 조선인예요. 참 반갑네요.

다음에 하코다테에 오면 또 들러줘요."

그날 밤은 유난히 깊고 묘해서 쉽게 잠들 수 없었다. 그녀가 서비스로 준 생선 두 토막과 조용히 건네주던 고추장 한 숟가락이 머릿속을 맴돌았다.

다음날 느지막이 일어나 2번 전차를 타고 종착역인 야치가시라谷地頭에서 내렸다.
우리의 행선지는 바다였다. 한적한 골목을 지나고 언덕을 등지고 들어선 주택가를
지났다. 날은 조금 을씨년스러웠지만 간혹 조깅을 하는 사람도 있었다.
아직 멀었나 싶던 찰나, 언덕 너머로 지평선인지 수평선인지 모를 경계가 보였다.
다치마치 미사키立待岬, 다치마치 곶였다. 둥글게 굽은 해안선으로 앞서거니 뒤서거
니 파도가 밀려왔다. 바다 건너 혼슈本州의 끝자락, 아오모리青森도 보였다. 해풍에
흔들리는 나뭇가지는 윙윙 소리를 내며 묘한 음악을 연주했다.
파도를 보며 바다가 태어난 때를, 감히 상상했다. 까마득했다. 이번에는 나의
어머니와 어머니의 어머니들이 나고 자란 날들을 떠올렸다. 또한 아득했다.
태양을 올려다 보았다. 눈이 시리도록 빛나고 있었다. 내가 태양 아래에서 바다를
보고 있었다. 비록 나는 우주의 작은 먼지 같은 존재지만 존재한다는 것 자체에
스스로 숙연해졌다. 바다는, 살아서 퍼덕이고 있었다.
문득, 바다처럼 살고 싶어졌다. 바람이 불어왔다. 바람을 따라 언덕을 내려와
다시 전차를 탔다. 추오뵤잉마에中央病院前, 중앙병원 앞 정거장에서 내렸다.
길을 건너고 편의점 골목을 걸어 조그마한 꼬치구이 집을 찾았다.
아, 이 소담한 분위기. 오래 전부터 오고 싶었던 가게였다.
일반적으로 꼬치구이燒鳥, 야키토리는 닭고기를 기본으로 하지만, 하코다테에서는
돼지고기가 주를 이룬다. 예전부터 선박이나 제철소 노동자들이 열량이 높은
돼지고기를 더 선호했기 때문이다. 이 가게에선 냉동하지 않은 홋카이도 산
생고기를 사용했다. 소금구이와 타레 소스 모두 담백했다. 불 맛이 묻어나 아주

태양을 올려다 보았다. 눈이 시리도록 빛나고 있었다.
내가 태양 아래에서 바다를 보고 있었다.
비록 나는 우주의 작은 먼지 같은 존재지만 존재한다는 것 자체에
스스로 숙연해졌다. 바다는, 살아서 퍼덕이고 있었다.

맛있었다. 상큼한 민트향이 섞인 모히토가 의외로 잘 어울렸다. 방울 토마토에 얇은 베이컨을 말아 구워주는 것도 별미였다. 모든 꼬치는 아저씨가 숯불에서 부채를 부쳐가며 은은하게 구워 내왔다. 계란말이를 시키면 아주머니가 달걀을 체에 걸러 부친 뒤 무를 갈아 올려 소담하게 내왔다.

연거푸 주문했더니 아저씨가 슬쩍 말을 건넸다. 왜 여기에 왔는지, 인기 한류 스타는 누구인지, 타국 생활이 힘들진 않은지……. 주인 부부는 신혼 때부터 이곳에서 장사를 했다고 했다. 이야기가 무르익자 아주머니가 우스개로 고민을 털어놓는다. 편의점에서 파는 도시락에 맛이 들려서 큰일이라고. 편의점을 바꿔가며 도시락을 골라 먹느라 하루가 다르게 살이 찐다고. 두런두런 이야기를 나누다 보니 부부의 선량한 기운이 느껴졌다. 그들은 오랫동안 꼬치를 꿰고 달걀을 부치며 자식을 낳아 길렀을 거다. 늦은 밤 집으로 돌아가면 불 꺼진 아이 방을 가장 먼저 들렀겠지. 발 밑에 차 놓은 이불을 다시 덮어주며 평범하고 따뜻한 밤을 수천 번 보냈을 테지.

주인 부부에게 사진 좀 찍자고 부탁했다. 아저씨는 덮어뒀던 숯불을 다시 지피고, 아주머니는 거울을 보며 머리를 매만졌다. 좀 더 다정하게 붙어 서달라는 요청을 하자 쑥스러워 하면서도 여러 번 포즈를 취해주었다.

드라마 『심야식당』 <버터 라이스> 편에서 유랑 악사 고로 씨가 밥값 대신 부르던 노래가 있다. 제목은 '하코다테의 여인'. 오래된 추억을 떠올리며 부르는 노래다. 언젠가 하코다테 골목 어귀에서 만난 인연과 겨울 숲의 가녀린 생명이

SAPPORO
CLASSIC
SAPPORO

떠오르는 밤엔 이 노래를 듣고 싶다.

멀리 찾아왔구나 하코다테에 / 세찬 파도를 뛰어넘어 /
따라오지 말라고 하면서도 / 뒤돌아선 모습으로 울었던 그대를 /
떠올릴 때마다 만나고 싶어서 / 무척이나 참을 수 없었어 /
바다에서 부는 바람 가슴에 스며드네 / 여기는 북쪽 나라, 물보라도
얼어붙는다네 / 이 거리 어디에 있는 건지 /
단 한 번만이라도 만나고 싶었다네

삿포로로 돌아가는 열차는 두 시에 출발했다. 기차는 바다를 향해 곤두박질칠
기세로 차체를 기울여 해안선을 달렸다. 언뜻 잠이 들었다 깨면 스쳐 갔던
존재들이 떠올랐다. 기묘한 포장마차의 취객과 여주인, 나를 격려해준
다치마치미사키의 푸른 바다, 꼬치구이 집을 지키고 있을 선량한 부부,
한겨울 생존만이 유일한 목적인 작은 생명들.
모두 이번 겨울을 잘 지낼 수 있길 기도했다.
각자의 위치에서 안녕하길.

お喋り
03

일본에 '스끼다시'는 없다

가깝고도
먼 나라의 정서

나는 카페가 좋다. 음악이 있고, 천장이 높으며, 통유리 창이 있다면 더더욱 사랑한다. 커피 한 잔으로 온전한 내 자리 하나 정도는 몇 시간 전세 낼 수 있다. 아니, 그렇게 생각했다.

하코다테의 '선량한 꼬치구이 집' 아저씨에 대해 할 말이 남았다.
그날은 음식도 맛있고 분위기도 참 좋았다. 주문도 꽤 했다. 마지막까지 남아서 이야기를 나누었고, 인터넷에 올린다며 사진도 찍고 명함까지 주고받았단 말이다. 두세 시간 동안 아저씨는 열 번 정도 화로에서 꼬치를 구웠다. 불을 새로 붙일 때마다 내 시선도 거기에 고정됐다. 이쯤이면 무언가를 기대해도 되겠지, 하는 알량한 마음으로. 하지만 애석하게도 '서비스'는 없었다. 선량하다는 타이틀을 붙이고선, 이제 와 딴말을 하는 건 아니다. 땅 파서 장사하는 것도 아니고, 소상인에게 공짜를 기대하는 건 사실 좀 그랬지만, 그래도 우리는 한국식 인심을 조금 기대하고 있었다.
이런 일도 있었다. 얼마 전 작은 카페에서 쿠키를 동전만 하게 잘라 '서비스'라며 내왔다. 점원은 서비스로 내온 쿠키 조각에 대해 무척 오랫동안 설명했다.
그 과자를 무엇으로 어떻게 만들었는지 조곤조곤 정성을 다해 말했다. 뭐라도 더 시켜야 할 기분이었다. 배도 부른데 롤케이크를 추가 했다. 과연 '가깝고도 먼 나라'의 정서다.

오후 세 시가 넘으면 동네 유일한 '별다방'이 가장 붐비는 때다. 그날은 짐을 바닥에 내려놔야 할 정도로 빈 의자가 없었다. 이른 낮부터 구석 자리를 잡고 앉아 다행이라고 생각했다. 그때 직원 한 명이 테이블을 돌아다니며 무언가를 정중하게 말하고 있었다. 대부분은 고개를 끄덕였고, 어떤 학생은 짐을 싸며 나갈 채비를 했다.

"지금 기다리시는 손님이 많습니다. 적절한 시간 동안만 이용 부탁합니다. 정말 죄송합니다."

아무도 항의하지 않았다. 혼란스러운 사람은 나뿐인 듯했다. 라떼 한 잔에 얼마나 머물러야 적절한 시간일까? 한 시간? 한 시간 삼십 분? 케이크를 추가하면 삼십 분 정도는 더 있어도 되려나? 종업원이 말한 그 '적절한 시간'의 방정식을 풀 수가 없었다. 마음이 불편했다. 그 일이 있은 후 나는 한동안 카페에서 시간을 보내는 일을 접었다. 하지만 집에만 있자니 그도 할 일이 아니었다. 무엇보다 뭘 하려면 몸도, 마음도 자꾸 늘어지기 십상이었다. 얼마 뒤 용기를 내 다른 카페에 도전했다. 아침마다 삼십 대 중반으로 보이는 남자가 직접 커피를 볶는 곳이었다. 거리에서 바라본 그의 표정은 한결같았다. 무표정. 입꼬리를 올리거나 내리지도 않았고, 로스팅 외에는 딴 생각을 하는 것 같지도 않아 보였다. 평생을 그렇게 살아왔는지, 특별한 주름조차 눈에 띄지 않았다. 얇은 은테 안경을 썼고 체구는 작으며 군살 없이 다부진 편이었다. 그런 사람이 볶아 내리는 커피라면 보통 이상의 맛은 될 것 같았다. 예리한 감각으로 예민하게 맛을 냈을 테니까.

문을 열고 들어갔다. 바리스타는 1층에, 좌석은 2층에 있는 꽤 규모 있는 카페였다. 메뉴판엔 이 카페에서만 선보이는 블렌드도 대여섯 가지는 됐다. 오후 1시 57분, 주문하고 노트북을 켰다. 마침 콘센트가 앞에 있어서 충전기도 꼽았다.

물론 예상했던 대로 와이파이 같은 건 없었다. 오후 2시 5분, 주문한 '마루야마 블렌드'가 나왔다. 역시, 맛이 좋았다. 오후 2시 57분 예민한 남자가 계단을 올라오는 소리가 들렸다. 그가 조심스레 나에게 다가왔다.

"손님, 콘센트 사용 제한 시간은 1시간입니다. 양해 부탁드립니다."

타 문화는 틀린 게 아니라 다른 거라고 배웠다. 세계시민 의식을 지닌 사람이 되기 위해 그 말만 되뇌었다. 표정 관리가 됐는지는 모르겠다. 콘센트를 뽑고 1층의 상황을 짐작해 봤다. 예민한 바리스타는 정확히 한 시간을 어떻게 알아챈 걸까. 그는 1층에서 커피를 볶고, 물을 끓이고, 커피콩을 갈아 커피를 내렸을 것이다. 콘센트에 누군가 코드를 밀어 넣으면, '띠딕'하고 경보가 울릴지도. 그럼 한 시간짜리 타이머를 설정할 것이다. 예민한 남자의 서랍엔 수십 개의 타이머가 일렬종대로 정리되어 있을 법하다. 어쩌면 그는 매일 그 타이머를 수건으로 닦으며 소중히 다룰 것이다. 오후 4시 57분, 남자가 다시 곁으로 왔다.
"메뉴판에 안내해 드린 대로, 테이블 이용은 세 시간입니다.
이용해주셔서 감사합니다."
타이머를 사용하는지는 아직 밝혀진 바가 없다. 그래도 그는 창밖으로 보이는 날씨와 기가 막히게 어울리는 재즈 음악을 선곡한다. 혀끝에 닿은 커피 맛은 로스터를 닮아 날카롭다. 이제 '콘센트 한 시간, 테이블 세 시간' 규칙도 숙지했고 동의한다. 오히려 마음이 편해 단골이 되고 싶다. 이 정도 마음 가짐이라면, 일본 생활에 쿨하게 '오케이' 도장을 찍을 수 있겠다.

또 한 가지 이야기를 소개한다. '스끼다시'가 그 주인공이다. 횟집에 가면 회보다 이걸 더 기대하는 게 보통의 한국인이다. 느낌대로 어원은 일본이다. 붙어 나온다는

뜻의 츠키다시突き出し는 주로 관서 지방에서 쓰는 말이다. 본 요리가 나오기 전에 가볍게 나오는 '전채'와 비슷한 뜻이다. 관동 지역에서는 오토오시お通し라고 부른다. 단무지 한 조각 공짜로 구경하기 힘든 일본 식당에선 깜짝 선물 같은 존재다. 식당마다 종류도 다르고, 매일 바뀌기도 한다. 이를테면 양배추에 간장 소스, 두부에 가츠오부시, 채소 샐러드 등이 등장한다. 우리의 스끼다시를 생각하고 오토오시를 받으면 안 된다. 그 아담한 크기에 뜬금없이 고국의 횟집이 그리워질 수 있으니까. 게다가 오토오시엔 250엔에서 500엔 정도의 가격이 추가된다. 먹기 싫어도 어쩔 수 없다. 자리 값 같은 개념이라 무조건 내야 한다.

공짜에 너무 익숙하게 살아온 것 같아 후회된다. '생활 여행'을 하겠다고 선언했는데, 정작 홋카이도에서 나는 한국식 '먹방'을 우기고 있다. 전세 커피숍과 화려한 스끼다시가 없다고 삶이 피폐해지진 않는다. 생각해보면 전에도 지금도 내 생활은 온통 먹는 일에 집중돼있다. 먹고 사는 일 말이다.

한 해가 넘어갔고 나이 앞자리도 바뀌었다. 21세기 초부터 오랫동안 이날을 상상했다. 뭇 여성들과 함께 동경했던 『섹스 앤 더 시티』의 주인공 캐리가 이런 말을 남겼다.

"20대엔 즐기고, 30대엔 지혜로워지고, 40대엔 술을 사면 되는 거지!"

십 년 전에 꿈꿨던 지혜로운 삼십 대의 모습은커녕, 온통 먹고 사는 일로만 시야가 좁아진다. 좀 더 지혜롭게 먹고 살기 위해 고심할 때다. 그래야 술을 살 수 있을 테니까.

お喋り 04

온천에 누워 기억을 호출하다

'설렘'에
투신하리라

무언가에 홀린 것 같은 때가 있었다. 정신이 붙들려서 멍해지거나 몰입했고, 사랑도 했다. 그럴 때마다 마음을 휩쌌던 건 '설렘'이었다. 한때는 주기적으로 찾아오는 감정이었다. 지금 그 '설렘'을 다시 느끼고 싶다.

기억이란 이상해서 가장 인상적인 기억에서 막혀 더 나아가지 못한다.
결국 중요한 건 장소가 아닐지도 모른다. 한 순간이다. 그날의 바람,
햇빛, 소음과 냄새 같은 환경이 절묘하게 만난 그 한 순간이다.
- 하성란 산문집, 『아직 설레는 일은 많다』 중에서

S와 나는 칠 년 전에 처음 만났다. 교환 학생으로 있을 때였다.
미국 서부의 조용한 도시 포틀랜드였다.우리는 그곳을 'P타운' 이라고 불렀다.
기숙사에는 공용 화장실과 부엌을 가운데에 두고 양쪽에 방이 있었다. 803호의
나와 804호의 S는 혈기왕성했다. 자신감이 넘치던 때였다.
욕망이 있으면 곧이곧대로 욕망을 따랐다. 치기 어렸지만, '원하는 대로' 살았다.
그곳에서 우리는 날마다 설레었다. 무언가에 많이 홀려 미쳐있었다. 일 년을
P타운에서 보내고 한국으로 돌아왔다. 각자 졸업하고 취업하며, 살고 또 살았다.
마음이 메마른 날엔 P타운의 추억이 떠올랐다. 되돌아보면, 인생에서 가장
행복하고 거침없었던 시절이었다. 앞으로의 삶도 다름없을 줄 알았다.
하지만 현실과 예상의 괴리에 숨이 막힐 지경이었다. 넋 놓고 그때 사진을 보다
모니터 앞에서 울기도 많이 울었다. 파노라마처럼 떠오르는 내 인생의 '화양연화'
를 추억하다가 내려야 할 전철역을 놓치기도 했다. 그때로 돌아가는 꿈도 꿨다.
S와 만나면 옛이야기로 마냥 시간가는 줄 몰랐다. 우린 P타운을 꽤 오래 앓았다.
만날 때마다 캠퍼스 한가운데를 가로지르는 커다란 공원을 열렬히 그리워했다.
그곳에 머물렀던 사람이라면 누구나 아낄 수 밖에 없는 곳이다. 공원은 대학의

맨 첫 번째 건물부터 시내까지 2km 정도 기다랗게 이어졌다. 길 따라 짙푸른 나무가 빽빽하게 자라 있었다. 나무는 키가 4층 건물을 너끈히 넘었다. 이국적인 캠퍼스의 낭만을 즐기기에 완벽한 도심 속 숲이었다. 공원엔 책을 읽고, 밥도 먹고, 이야기를 나누던 풀밭과 벤치가 있었다. 숲 속 정거장에는 느린 전차가 멈춰 섰다. 우린 밤이면 공원을 가로질러 맥주를 마시러 갔다. 그리고 돌아오는 길에 만났던 불 꺼진 강의실, 새벽바람, 나무 냄새…… 그때 우리를 둘러싼 몇몇 순간들이 모여 강력한 에너지를 만들었다. 절묘하게 어우러진 순간의 기억들은 칠 년이 지난 지금도 생생하다.

지난주, 홋카이도엔 순백의 아름다움이 절정에 달해 있었다. 그때 S가 삿포로에 다녀갔다. 얼굴을 보자마자 알아챘다. 그녀는 제대로 'P타운 앓이'를 하고 있었다. S의 회사 생활은 막장으로 치닫고 있었다. 그 와중에 연애도 결말이 났다. 그녀의 입술은 곪아 터졌고, 푸석한 얼굴엔 울긋불긋 뾰루지가 나 있었다. 겉이 그 정도니 속에선 천불이 나고 있었으리라. 그래서, 목요일에 비행기와 호텔을 예약하고, 금요일에 홋카이도에 도착하는 무모한 일을 저질렀으리라. 삿포로 공항에 도착했다는 연락을 받고 급하게 S를 만났다.
"여긴 갑자기 웬일이야? 뭐야, 얼굴은 왜 이래?"
"몰라…… 잠깐 지옥에서 탈출했어. 이번 여행은 제목 미정이야. 아무 계획도 없어. 그냥 나 좀 살려줘."
S를 데리고 온천으로 갔다. 사람들의 살 냄새와 쾌쾌한 유황 수증기가

定山源泉公園

차가운 공기에 섞여 있었다. 노천탕 한쪽 바위를 베개 삼아 머리를 괴고 누웠다.
누가 먼저랄 것도 없이 '어이구, 아아……' 소리가 절로 났다. 온천수가 얕게
흐르는 평평한 바닥에 등을 대고 다리를 폈다. 정확히 41도에 맞춰진 따뜻한
온천수가 목부터 발끝까지 덮었다. 따뜻한 이불 같았다.
하얀 숲이 가까이 다가와 있었다. 하늘은 너무 파래서 비현실적으로 보였다.
내리는 눈을 맞으며 차가운 입김을 불었다. 매끈하고 뜨끈한 물이 전신을 훑고
지나가면 눈이 스르르 감겼다.
"아, 여기 꼭 그때 그 바닷가 같다. 거기서 잤던 낮잠이 세상에서 가장 달았어."
뜨거운 태양 아래서 S와 함께 누워있던 모래사장이 온천과 겹쳐졌다.
"응, 신기하다. 날씨는 완전히 다른데, 뭔가 비슷하네. 정말로."
S와 나는 분명 다른 유기체인데, 떠올리는 칠 년 전의 기억과 느낌은 닮은 점이
참 많았다. 정말로 그날의 바람, 햇빛, 소음, 냄새가 우리를 동시에 홀렸던 걸까?
그것들이 태평양을 건너 홋카이도의 온천에 다다르기라도 한 걸까?
청춘과 설렘이 우리 몸에 다시 흐르는 느낌이 들었다.

삿포로가 고향인 쇼코는 당시 기숙사 807호에 살았다. 지금은 홋카이도
박물관에서 큐레이터로 일하고 있다. 칠 년 만에 P타운 이웃 셋이 다시 모였다.
S와 내가 현실 탈출을 꿈꾼다면, 쇼코는 반대였다.
"난 여길 떠나고 싶지 않아. 사실 P타운과 삿포로는 닮은 게 많아. 나무가 많고,
공기도 좋아서 많이 걸을 수 있지. 도심을 가로지르는 느린 전차도 똑같아.

사람들도 느긋하고 순한 편이야. 지금 하는 일도 참 재미있어."

그러고 보니 나 역시 삿포로에 살기 시작한 이후로 특별히 추억을 앓은 적은 없다. 오랫동안 그리웠던 어떤 순간의 환경이 정말로 여기에 머물고 있는 걸까.

온천을 다녀온 밤에 꿈을 꾸었다. 멀리서 새벽이 오는 밤이었다. P타운 숲 속에서 키 큰 나무들이 출렁였다. 어딘가에 단단히 홀린 청춘들이 혼령처럼 공원을 떠돌고 있었다. 바람, 햇빛, 소음과 냄새……. 모두 예전 그대로였다. 그걸 낚아채려 애쓰느라 심장이 두근대고 땀이 났다. 꿈에서 깨어나니 이런 생각이 스쳐 갔다.

'우린 그때를 기점으로 자라기 시작한 거야. 우리가 가끔 앓았던 건 성장통이었겠지.'

P타운과 많이 닮은 이곳에서, S는 설렘을 다시 느꼈을까? 나는 그녀가 오래된 추억 앞에서 충분히 무력해지고 외로웠기를 바랐다. 그래서 또다시 시간이 지나면 오늘을 기억하며 앓고, 외로워하고, 극복할 수 있기를. 삿포로에서의 며칠이 지친 S를 완전히 치유하진 못했겠지만, 이 겨울여행이 그 시작이었기를. 어쩌면 우리의 아픔은 사치일지도 모른다. 우리에겐 행복했다고 자부할 수 있는 시절이 있다. 그 청춘의 기억을 함께 나눌 수 있다는 것만으로도 얼마나 큰 행운인가. 시간이 지나면 S와 나는 P타운을 앓았던 것처럼 오늘을 그리워할 것이다. 몇 번이든 미끄러져도 좋으니 되돌아가는 길이 있다면, 거침없이 발을 내디디려 할 것이다. 우리가 사랑한 그 절묘한 환경에 홀리는 순간은 또 오겠지. 온다면 격렬하게 그 순간을 사랑하리라. 다시 '설렘'에 투신하리라.

お喋り
05

비에이, 아! 비에이

'순수'를 찬란하게
보여주는 언덕 마을

겨울, 비에이는 온통 하얀 여백이었다.
겹겹이 이어진 구릉은 한눈에 다 들어오지 않았다.
비에이, 그곳은 우리가 태초에 보았을 순수의 나라였다.

북쪽으로 방향을 잡았다. 하얀 도화지 같은 마을 비에이美瑛로 간다.
삿포로 톨게이트를 빠져 나왔다. 홋카이도에서 자동차 여행은 처음이었다.
도시의 경계를 넘지 않았는데도, 사방은 이미 텅 비었다. 아사히카와旭川까지는
고속도로였지만, 비에이까지는 국도를 타야 했다.
지난밤 일부러 『겨울 왕국』을 보길 잘했단 생각을 했다. '아렌델'로 들어가는
것처럼 강을 건너고 산을 넘었다. 도로는 어느새 2차선으로 줄었다.
겨울철 통행금지 표지판도 몇 개 지나쳤다. 좁은 도로를 빼고는 겨울의 정령이
온 세상을 지배하고 있었다. 모든 게 얼어붙었고 겹겹이 쌓인 눈은 완고했다.
잎사귀를 잃은 활엽수와 극도로 긴장한 침엽수가 각자 군락을 이루고 있었다.
홋카이도北海道에는 일본의 내지인 혼슈本州와는 다른 느낌의 지명이 많다.
원래 이곳에 살던 '아이누족'의 흔적이다. 19세기 메이지 시대에 이곳을 개척(?)한
후 일본식 한자를 끼워 맞추었다. 비에이의 원래의 이름인 '피예'Piye는
아이누 말로 '기름지고 탁한 강'이란 뜻이다. 예전에는 수원지에서 흘러나온
유황 성분 때문에 이곳 강물이 실제로 그러했다고 한다. 비에이美瑛를 적은 한자의
뜻은 '아름다운 옥빛'이고, 우리 식으로 읽으면 '미영'이다. 왠지 피식 웃음이
나온다. 하긴, 여기에 미영이가 산다고 해도 무방할 정도로 비에이는 소박한 농촌
마을이다. 그렇지만 면적은 677.16㎢로 서울특별시와 비슷한 크기다.
전체의 70%는 삼림, 15%는 농경지이다. 이곳은 1970년대에 사진작가 마에다
신조前田真三가 발표한 작품으로 세상에 알려졌다. 비에이는 사계절 다른 모습을
보여주는 구릉과 자연의 비경으로 영화나 광고의 단골 촬영지가 됐다.

폭포수의 거대한 심지는 어디서부터인지 모르게 얼어 있었다.
폭포가 토해냈을 물 소리도 멈추었다. 만물이 숨을 고르는 계절 한가운데엔
정적만 가득했다. 폭포가 내려다보이는 다리 위에 서자,
묘한 푸른 빛을 띤 강물이 김을 뿜으며 흐르고 있었다.

언덕 대부분은 감자, 양파, 밀, 옥수수를 경작하는 밭이다.

고도가 높아지자 귀가 먹먹해졌다. 북부 고원지에서만 자란다는 자작나무 숲이 966번 도로를 감쌌다. 정면으론 거대한 다이세쓰 산大雪山이 점점 가깝게 다가왔다. 활화산 토카치다케十勝岳는 다이세쓰 산의 열 개 봉우리 가운데 하나이다. 활화산에서 시작된 물줄기가 닿는 시로히게타키白ひげ滝, 흰수염 폭포로 갔다. 흘러내리는 물줄기가 수염 같다고 해서 붙여진 이름이다. 폭포수의 거대한 심지는 어디서부터인지 모르게 얼어 있었다. 폭포가 토해냈을 물 소리도 멈추었다. 만물이 숨을 고르는 계절 한가운데엔 정적만이 가득했다. 물줄기가 내려다보이는 다리 위에 서자, 묘한 푸른 빛을 띤 강물이 김을 뿜으며 흐르고 있었다.
안내문엔 '온천수에 포함된 알루미늄 성분이 강물과 섞였다. 그렇게 생긴 콜로이드 형태의 입자가 햇빛을 산란시켜 코발트블루 빛으로 반사되는 것으로 추측한다'고 쓰여 있었다. 가설만 존재할 뿐, 파란 빛깔을 내는 정확한 이유는 아직 밝혀지지 않았다. 그래서 더욱 신비하게 느껴졌다.
밥 로스Bob Ross의 『그림을 그립시다』The Joy of Painting란 프로그램을 기억하시는지. 기가 막히게 아름다운 풍경화를 삼십 분 만에 뚝딱 그리던 곱슬머리 밥 아저씨 말이다. 천진한 웃음을 지으며 '참 쉽죠? 누구나 이렇게 그릴 수 있어요.'를 연발해서 매번 기가 찼던 기억이 난다. 어디선가 그가 쓱쓱 종이에 붓을 문지르며 이렇게 말하는 것 같았다.
"자, 이렇게……나이프를 가볍게 터치해 주세요. 여러분이 원하는 만큼 눈이 쌓인

산을 그려주세요. 이렇게요. 여기선, 코발트블루를 이렇게, 섞어서 칠해주고요."
커다란 붓으로 여기저기 문지른 하늘, 나이프로 가볍게 터치한 구름,
눈이 쌓인 웅장한 산맥, 코발트블루가 섞인 강물과 폭포수……비에이에선
한 폭의 겨울 풍경화가 뚝딱 완성됐다.
"어때요, 참 쉽죠?"

비에이 관광 안내소에서 지도를 얻었다. 패치워크, 파노라마 등 여러 개의
코스가 있었다. TV 광고에 등장했던 켄과 메리의 나무, 세븐 스타, 철학자의 나무
같이 유명한 장소도 표시되어 있었다. 어디부터 어떤 순서로 돌까 잠시
고심하다가, 가장 간단한 방법을 택했다. 시속 2~30km 속도로 천천히 길을 따라
언덕을 넘기로. 그러다 마음에 드는 곳이 나타나면 차를 세워 밖으로 나가는 것이
었다. 겨울 비에이의 언덕은 하얀 도화지가 넘실대는 듯했다. 어떤 구름은
언덕보다 컸다. 모든 구릉의 꼭대기는 하늘과 맞닿아 있었다. 햇빛을 받은 고운
눈은 억만 개의 빛을 발했다. 눈에 담을 수 있는 건 하얀 색뿐일 것 같았다.
나무 몇 그루와 고립된 빨간 지붕이 뜬금없게 느껴졌다. 커다란 여백만이 세상의
전부였다.
"으하하……. 구름을 타고 놀면 이런 기분일 거야.
이거 봐, 푹푹 빠진다, 빠져. 으하하……."
"신 난다. 이런 여행 처음이야. 너무 좋다. 으하하하……."
실성한 듯 웃어 젖히던 친구는 차에서 내리면 곧장 눈밭으로 뛰어들었다.

허리까지 눈 속에 잠기는데도 앞으로, 앞으로 계속 나갔다. 그는 아무것도 닿지 않았던 흰 도화지에 발자국을 새겼다. 구렁에 빠져 엎어져도 '으하하' 웃었고, 중심을 잃고 넘어지면서도 마냥 '좋다'는 말만 했다. 아무것도 더하지도 빼지도 않은 순수한 눈빛과 웃음이었다.

완만한 경사에 약간 기울어진 나무가 있는 언덕 앞에 멈춰 섰다. 갸우뚱하게 생각하는 모습 같다고 하여 '철학자 나무'라는 이름이 붙여진 나무였다.
다리가 가는 짐승이 외롭게 새기고 간 발자국이 남아 있었다. 추운 곳에서 너무 뛰어다녔던 건지, 옅은 졸음이 몰려왔다. 처음으로 세상의 글을 배웠을 때 부르던 노래가 떠올랐다. '가방 할 때 가, 나비 할 때 나……아기가 으앙으앙 할 때 으…….' 곧이어 언젠가 깊은 기억 속에 간직하고 있던 하얀색 이미지들이 잠결에 스쳐갔다. '방앗간에서 갓 쪄낸 백설기, 모닥불에 구운 마시멜로, 카페모카의 휘핑크림…….' 자음과 모음이 맞붙어 나는 소리와 푸근한 방앗간의 열기, 그리고 하얗고 달콤한 것의 참 맛을 처음 알았을 때의 기억이었다. 별다른 의미도 없을 것 같은 순간들이 하얀 도화지 같은 언덕 위에 무작정 그려졌다. 이내 머리가 텅 비었다. 한동안 그런 상태를 그대로 두고 느끼기로 했다. 마음에 여백을 두면 순수와 맞닿을 수 있지 않을까 생각했다.
나도 친구가 뛰어들어간 눈밭으로 따라 들어갔다. 가방 할 때 가, 나비 할 때 나, 아기가 으앙으앙 할 때 으……. 처음 말을 배우던 때로 돌아갔다. 아무것도 그리지 않은 하얀 도화지 속에서 순수를 탐했다. 둥근 구릉을 보면 마음이 편안해졌다.

언덕의 굽은 선을 보며 둥글게 사는 게 옳다고 다시 한 번 확신했다. 어쩌면 세상의 공기를 입으로 들이마시기 전부터 그랬을지도 모른다. 엄마의 자궁이 그러했다. 비에이는 둥그런 엄마 뱃속을 닮아 있었다. 눈물이 날 것 같았다.

달뜨는 몸과 마음

북국(北國)의
봄 · 여름

お喋り
06

산다는 건living 사는 것buying의 연속

나는 소비한다
고로 존재한다

파스텔 줄무늬 식기가, 나풀거리는 꽃무늬 치마가,
제철 채소와 벚꽃 홍차가 오감을 자극했다. 그것들은 세상은
아직 살만하다며 반짝이고 있었다. 아, 봄이여.

창가에 고양이가 부쩍 늘었다. 겨우내 코타츠일본의 실내 난방 기구. 나무 틀, 또는 나무 상 밑에 전기 난로를 넣고 상을 이불, 담요 등으로 덮는다. 코타츠 안에 손, 발을 넣고 몸을 녹인다. 밑에 웅크리고 있었을 녀석들이, 햇살 드는 창가로 옮겨와 그루밍을 한다.
요즘은 길을 걷다가 자꾸만 남의 집 창문을 올려다본다. 끔뻑끔뻑 바깥 움직임을 주시하던 고양이에게 눈인사를 보내면 기분이 좋다.
홋카이도는 3월이 다 가도록 겨울의 끝자락을 붙잡고 있었다. 그래도 봄은 고양이처럼 살금살금 다가와 있었다. 겨울 내내 그리웠기에 봄볕이 더 정겹다.
홋카이도에선 초봄에도 부츠가 필요하다. 길가에 산처럼 쌓아 두었던 눈이 녹아 길이 질척하다. 부츠를 신지 않고선 걷기 힘들다. 그럼에도 올 것이 왔다. 그림자 옆으로 산들바람도 지나가고 아지랑이도 피어난다. 사람이 그리워진다. 시시콜콜 이야기 꽃을 피우고, 꽃을 닮은 식기며 제철 채소, 벚꽃 홍차를 집에 들이고 싶다.

도쿄나 오사카만큼 많지는 않지만 삿포로에도 한국 사람들이 산다. 온라인 커뮤니티 모임이지만, 오프라인에서도 종종 만나는데, 대부분 홋카이도 남자와 결혼해 여기에 사는 언니들이다. 어찌 보면 이국적인 풍경이 여행에는 참 좋지만, 살기엔 적막하고 추워 외로워지기 딱 좋은 곳이 바로 홋카이도다. 가끔 모여 한국말로 수다를 떠는 것 만으로도 큰 의지가 된다. 날이 풀려 오랜만에 언니들을 만났다. 만난다는 건 밥 한 끼 같이 하는 일이다. 다 먹고 나면 '차라도 한잔'하는 게 요즘의 정情이다. 밥도 먹고 차도 마셨다. 배도 부르고 정도 두둑이 쌓았다.
뭔가 아쉬웠던 건 혼자만의 마음이 아니었다. 언니들도 그랬고, 우리가 만난 쇼핑몰

설계자는 예전부터 알고 있었다. 식당과 카페는 건물 꼭대기에 있었고, 에스컬레이터는 일부러 더 걸어 많은 상점을 지나도록 계획적으로 설치해 놓았다. 식당가에서 주차장이나 지하철역까지 가려면 수백 개의 상점을 지나야 했다. 쇼핑몰에 더 오래 머물게 하려는 치밀한 설계이리라.

인상적인 건 언니들의 코스였다. 그들은 설계자의 계산을 비웃듯 다섯 개의 쇼핑몰 중에서 엄선된 상점으로만 데려다 주었다. 일본어가 서툰 나를 위해 "요거야, 요거." 하며 추천 상품을 집어줄 땐 감격스럽기까지 했다. 파스텔 줄무늬 식기가, 나풀거리는 꽃무늬 치마가, 제철 채소와 벚꽃 홍차가 오감을 자극했다. 그것들은 세상은 아직 살만하다며 반짝이고 있었다.

아기자기한 잡화가 가득한 어떤 상점에선 종이 한 장이 200엔이란다. 도무지 어디에 둘지 모를 손가락만 한 캐릭터 상품은 800엔이다. 저런 것들은 쓸데없는 돈 낭비라며 비아냥대던 예전의 내 입이 말했다.

"카와이이!귀여워"

어떤 막대기는 청소기에 꽂으면 커튼에 있는 먼지를 빨아들인단다. 수세미는 용도별로 30종류가 넘는다. 이번엔 한눈에 봐도 고급스러운 유기농 소금이 시야에 들어왔다. 무엇에 쓰는 소금인고, 하니 점원이 손에 마구 문질러 준다. 손등이 새하얘졌다.

"부들부들하네요."

나는 어색하게 말했다. 멋쩍어 한다고 단정하기 딱 좋은 각도로 입꼬리를 올리며 웃자 점원이 척, 하고 핸드크림을 올려준다.

SHOP ARANZI ARONZO SAPPORO

Hokkaido
Bonti
Liven up Japan
JAPAN
Hokkaido

나이스 타이밍! 자, 돈을 내자. 지갑을 열자. 어딜 가나 포인트도 적립해준다.
쌓자, 쌓자, 쌓아서 또 사자!
최근 실험 결과에 따르면, 쇼핑몰에서 성인 남자가 견딜 수 있는 시간은 26분이라고 한다. 여성의 '쇼핑 본능'과 남성의 '쇼핑 기피증'을 뒷받침하는 학설로는 '진화론'이 버티고 있다. 원시 시대부터 성별에 따라 각인된 생활 방식이 DNA 속에 남아있다는 게 핵심이다. 남성은 사냥을 하며 한곳에 오래 머무를 수 없다. 반면 여성은 식물, 과일 등을 채집하며 좋은 것을 고르기 위해 살피고 또 살핀다. 채집한 것들은 나중을 위해 쟁여놓는다. 어디서 많이 본 행동 방식이다. 강력한 채집 DNA를 가진 보통의 여성, 바로 나와 언니들의 행동이 아니던가.

사람이 사는 데 필요한 게 참 많다. 한 가득 장을 본 지 얼마 안됐건만, 필요한 건 금세 또 생긴다. 특히 일본은 '채집인'에겐 천국이다. 인간의 삶을 잘게 분절해서 매 순간 필요한 아이디어 상품을 내놓는다. 밥을 짓기 위해 쌀을 씻고, 잡티를 걸러내고, 설거지를 하는 과정마다 각각 필요한 도구가 있는 식이다. 동네 마트 잡화 코너에도 '카와이이'한 것들 투성이다. 그런 것들 앞에서 '너 없이도 잘살 수 있을 거야.' 하며 매몰차게 돌아서는 게 좀처럼 쉽지 않다. 그러니까 산다는 건living 사는 것buying의 연속인가 싶다.
4월이면 5%였던 소비세가 8%로 오른다. '백엔 샵' 물건을 소비세 5%를 더해 105원에 살 수 있었지만 이젠 108엔이 된다. 집세도 3% 오른다. 당분간 경제 활동을 하지 않는 우리 부부의 지갑 사정을 생각하면 꽤 우울한 일이다.

봄이라고 삿포로 시 공식 관광 홈페이지도 새 단장을 했다. '웰컴 투 삿포로'라는 글자 뒤에 큼지막한 사진이 걸려있나. 꽃놀이도 야경 사진도 아니다. 내가 기꺼이 헤매길 자처했던 그곳, 쇼핑몰 사진이다.

언니들이 수다 떨며 하는 말이, 일본에 살려면 워낙 지켜야 하는 게 많단다. 법이 유난히 엄격한 건 아니다. 사람들은 길에서 걸어 다닐 땐 마시거나 먹지도 않고, 껌도 잘 안 씹는다. 남의 집에 갈 때는 외투도 바깥에서 벗고 들어오고, 속말을 하지 않아 답답하고 배신감도 종종 느낀다. 여기서 오래 산 언니들이 그랬다. "이놈의 섬나라, 살수록 정 안 간다."고.

그래도 채집을 해야 하는 여성들에게 일본은 살만한 나라다. 일 년에 두 번은 속 시원한 숫자를 내걸고 세일을 한다. 아침부터 저녁까지, 또 다음날로 이어지는 삶을 잘게 분절한다. 그 나누어진 시간을 아기자기하고 아름답게 꾸며주는 물건을 성실히 개발한다. 사고 또 살수록 정이 가는 나라다. 돈만 적당히 있다면.

나는 달랑 손수건 두 장을 샀다. 쇼핑 본능을 절제한 내 자신에게 작은 칭찬을 보낸다. 인터넷을 펼치니 '봄에 무슨 옷 입으실 건가요?' 라는 광고 문구가 심금을 휘젓는다. 모니터를 닫고 책을 펼친다. 봄에는 읽어야지 하며 꺼내 놓았던 이외수의 책이다. 언젠가 밑줄 그어 놓은 부분을 읽는다.

"알고 보면 세상 전체를 다 뒤져 봐도 영원한 내 것은 단 한 가지도 없다."

깨달음은 잠시, '하늘하늘, 꽃 핑크, 봄'이란 단어가 담긴 말 풍선이 머릿속에 부풀어 오른다. 아까 그 꽃무늬 치마가 자꾸만 나풀거린다. 이래저래 마음을 흔드는구나. 아, 이런 몹쓸 DNA여, 살랑살랑한 봄이여.

お
喋
り
07

산자락 도서관 유랑

삿포로
중앙도서관의 고독

오래된 역사를 자랑하듯 덜컹대는 전차를 탔다.
융통성 없이 느려서 맘에 들었다. 직선으로 뻗었던 선로가
왼쪽으로 꺾였고 목적지에 닿았다. 도서관이었다.

집집마다 명작 동화 전집으로 벽을 채우던 시절이 있었다.
이런 놀이도 유행했다. 책을 모조리 꺼내 가운데를 갈라 펼친 뒤 일렬로
세우는 거다. 거실은 금세 오두막으로, 마당 딸린 집으로, 궁전으로 변하곤 했다.
책 세우기 놀이는 툭, 손끝 하나로 끝이 난다. 주저하지 않고 한 방에 모든 걸
무너뜨리는 게 요점이다. '도미노'는 꽤나 화끈한 놀이였다.
알록달록 동화책이 넘어지는 게 예쁘기도 했지만, 내가 가장 기대하던 건 구석진
자리였다. 도미노를 세울 때마다 귀퉁이에 방 하나를 마련하곤 했는데, 다리를 굽혀
앉아야 겨우 낄 수 있는 크기였다. 거기에 들어가 구수한 종이 냄새를 맡으며
조용히 웅크리고 있었다. 엄마가 이름을 부르며 한참 찾을 때까지 도미노 사이로
비껴 드는 빛을 바라보았다. 왠지 한 쪽 다리가 찌릿하기도 한 게 오묘한
기분이었다. 오롯이 혼자가 되어 숨을 때 느끼는 쾌감을 나는 일찍이 알아버렸다.
언제부턴가 욕지기가 자주 치밀었다. 사회 생활을 시작하면서였던 것 같다.
성격 탓이 크다. 남한테 욕먹는 게 싫어 내키지 않는 일을 웃으며 하곤 했다.
이런 걸 '착한 여자 콤플렉스'라고 한다더라. 콤플렉스마저 대세에 맞추며 사는
그저 그런 어른이 되어가고 있었다.
나와 비슷한 고민을 해본 사람이라면, 혼자이고 싶은 '그날'이 있을 거다.
나에겐 외톨이 지향 기간이 종종 있다. 간혹 그 기간은 프로 야구 시즌만큼이나
길 때도 있다. 완벽하게 혼자이고 싶은 날, 그러나 그럴 수 없을 때는 길을 가다가
갑자기 아스팔트에 머리를 쿵쿵 찧고 싶은 충동까지 인다. 그렇다고 진짜 그리하면
얼마나 우스꽝스럽겠는가. 미친 여자 취급 받기 딱 좋을 시추에이션 아니겠는가.

부아가 치미는 하루를 마감할 때, 나는 마침내 '외톨이 시즌'의 서막을 열어젖힌다. 홋카이도에서도 그랬다. 외톨이 시즌 개막일, 이르게 알람을 맞추고 일어나 집을 나섰다. 아침 그림자가 차지게 발끝에 달라붙었다. 타박타박. 니시18초메西18丁目 역 지하도를 걸었다. 빨려 들어갈 것처럼 길고 낯선 길이었다.
오래된 역사를 자랑하듯 덜컹대는 전차를 탔다. 융통성 없이 느려서 맘에 들었다. 직선으로 뻗은 선로가 왼쪽으로 꺾였고 이윽고 목적지에 닿았다. 도서관이었다.

여태까지 내가 사랑한 도서관은 모두 산과 맞닿아 있었다. 대학 시절은 등산이 일상이었다. 산 전체가 캠퍼스였다. '중도'라고 불리던 중앙도서관은 학교의 중심부, 그러니까 정상의 고지에 있었다. 한강이 내려다보여서 경치도, 강바람도 끝내줬다. 예부터 양반들이 시 쓰며 풍류를 즐겼다던 정자는 대부분 아찔한 낭떠러지에 있었다. 사계절 출렁이며 변하는 자연은 활자와 잘 어울린다. 그래서 교가는 죄다 '아무개 산 정기 받아'로 시작하는 건가 싶다. 어느 열람실 몇 번에 앉은 남학생 멋있다며 키득대던 것도 다 산 정기를 받은 청춘이라는 증거였다.
경기도 S시의 도서관은 산 중턱에 터를 잡고 있었다. 회사를 그만두고 잉여 생활을 막 시작했던 곳이다. 양손에 장바구니와 대출한 책을 끼고 언덕을 오르면 한겨울에도 땀이 났다. 기어코 그곳까지 갔던 건, 열람실의 커다란 창가 자리 때문이었다. 책을 읽다가 고개를 들면 산책로가 있는 숲이 보였다.
삿포로 중앙도서관은 모이와 산もいわ山 바로 앞에 있다. 도서관 규모는 생각보다 아담했다. 1층에 들어서자 '여기가 일본이 맞구나' 싶은 광경이 먼저 들어왔다.

지성의 산실이라는 도서관과 왠지 어울리지 않을 것 같은 잡지와 만화가 눈에 띄게 많았다. 아무 만화책이나 집어 들었다가 낯뜨거운 그림을 보고는 후다닥 다시 꽂아 넣기도 했다. 신간과 문학 코너 옆에는 1인용 소파가 일렬로 놓여 있었다. 책 읽기에 열중하는 사람들이 마치 책처럼 빼곡히 들어차 있었다. 좌석 사이엔 얼굴이 보이지 않게 칸막이를 설치한 배려가 맘에 들었다.

2층은 한산해서 서가를 유랑하기 딱 좋았다. 책장처럼 농염한 유혹이 또 있을까? 명작 동화 도미노 안에서 느낀 것과 같은 종류의 쾌감을 느꼈다. 책에선 물이랑 햇살이랑 먹으며 자라난 나무 냄새가 났다. 손때 묻은 책을 한 권 꺼냈다. 도서관에서 가장 흥분되는 순간이 바로 이때다. 장독을 열고 곰삭은 장아찌를 맛보는 기분이랄까. 킁킁거리며 냄새를 맡고 연인의 얼굴을 만지듯 쓰다듬어도 봤다. 뜻을 해석할 수 없는 문장이 대부분이었지만 간혹 아는 구절도 있었다. 오래 전 누군가 지나온 길, 생각, 이야기, 의지가 활자로 새겨져 있었다.

중앙도서관 창가 자리에 앉아 이 글을 쓰고 있다. 변덕스러운 날씨와 자연을 고스란히 목격한다. 오랜만에 긴 숨도 내쉰다. 일본의 홋카이도, 홋카이도의 삿포로, 삿포로의 모이와 산 밑 도서관까지 왔다. 그 누가 내가 지금, 홋카이도의 역사나 인류의 기원 따위를 적은 책에 둘러싸여 있다고 상상이나 하겠는가. 고로 나에게 닿을 수 있는 사람은 오직 나뿐이다. 앞으로 읽을 일 없을 확률이 높은 책들 사이에서 생각의 파도가 밀려온다. 내가 끄적였던 글 어디에도 쓰여있지 않은 생각도 밀려온다. 도서관은 모름지기 외톨이의 세상이다. 나는 종종 도시의 고독을 도서관에서 즐긴다.

도서관의 물리적 공간은 한정되어 있으나, 정신적 공간은 거의 무한하다.
깊은 바다를 어슬렁거리는 물고기처럼, 또는 막막한 우주를 유영하는
우주인처럼 모든 움직임이 무의미하고 자유롭고 또 아름답다.
뚜렷한 목적도 없이 서가 사이를 이리저리 거니는 모습은 마치 해초들
사이를 하릴없이 헤집고 다니는 물고기 같다. 그곳에서 꼭 책을 만나야
하는 것도 아니다. 오래된 책의 곰팡이 냄새를 맡아도 좋고, 높고
낮은 책의 키들과 그 색깔, 두께 등이 만들어내는 음악을 즐길 수도
있다……. 도서관은 책을 보는 곳이기도 하지만 창 밖을 보는 곳이기도
해야 한다. 풍경은 상념이 되고 상념은 책 읽기의 연장이다…… 햇살
중에서 가장 매력적인 햇살은 봄날 아침 쪽마루에 내려앉는 햇살과
도서관 한 귀퉁이에 들어와 문자의 적막을 조심스레 희롱하는 햇살이다.
– 이남호, 『보르헤스 만나러 가는 길』 중에서

お喋り
08

홋카이도 봄 산책

봄을 즐기다
길을 잃다

봄빛 아래를 걸으면 환각 상태를 경험한다.
'연둣빛 봄 햇살의 속삭임' 같은 것에 빠져드는 것이다.
그래서 산책은, 골목에서 길을 잃는 것으로 종종 끝이 난다.

'오늘 날씨 참 좋네요.'로 시작하는 대화처럼 어색한 것도 없다.
하지만 홋카이도에 대해 쓸 때는 날씨 이야기를 하지 않으면 뭔가 허전하다.
삿포로는 일본 5대 도시로 꼽히지만, 자연과 맞닿은 삶이 있는 곳이다. 날씨와 자연은 순응한 만큼 누릴 것을 준다. 인내심을 시험하는 홋카이도의 봄이 오긴 왔다. 설마 했는데 4월에도 가끔 눈이 내렸고, 내복을 다시 꺼내 입기도 했다.
5월 초 황금 연휴골든위크엔 마침내 삿포로에서도 벚꽃 놀이를 할 수 있었다.
사람들은 오랫동안 입고 싶었을 얇은 봄옷을 걸치고 나왔다. 아침마다 입을 옷을 고르는 게 고역이었다. 15도가 넘는 일교차와 차가운 바람을 피할 재간을 부리기엔 나는 아직 서툴렀다. 가까운 바다에서 불어오는 바람이 크게 한몫 했다. 바람은 시도 때도 없이 등을 밀고 머리칼을 헝클어뜨렸다. 반년째 겨울잠을 자고 일어나는 이곳이 섬이라는 걸 새삼스레 깨닫는다. 어쨌든 풀이 돋아났고, 낮도 길어졌다.
곤충 더듬이마냥 발가락 열 개를 부지런히 움직였다. 발끝에 단단히 힘이 들어갔다. 밀린 숙제를 하듯 부지런히 자전거 페달을 밟고 봄 산책을 즐겼다. 그렇게 삿포로에서의 '상춘곡'賞春曲을 시작했다. 상춘곡의 한자를 풀어 보면 '봄을 즐기는 노래', 혹은 '봄이 주는 노래'다. 삿포로의 봄은 윤대녕의 소설 「상춘곡」을 떠올리게 한다. 향기만 맡아도 취할 듯한 봄나물 같은 문장들은 이즈음의 기분과 잘 어울린다.

산책길엔 종종 목적지를 망각했다. 어느 휴일의 해질녘, 샌드위치가 먹고 싶어 외출을 했다. 튤립과 꽃 잔디를 심는 아빠와 어린아이를 보지 않았다면 나는 곧장 샌드위치 가게로 갔을 거다. 봄을 심는 모습이 보기에 좋았다. 외발 자전거 타는

あります!

손녀를 바라보는 할아버지가 사는 골목도 기웃거렸다. 그러다가 햇빛이 비추는 골목 바닥을 응시했다. 거기 '도라에몽'이 있었다. 누군가 아스팔트 바닥에 분필로 그려 놓은 것이었다. 아, 이런 귀여운 사람들이라니. 담장 너머로 바깥 구경을 하는 강아지와 눈인사도 나눴다. 그러는 사이 여섯 블록이나 멀리 오고 말았다. 아, 나는 배가 아니라 봄 풍경이 고팠나 보다.

소엔桑園은 시내 중심부에서 멀지 않은 조용한 주택가다. 공원이나 작은 상점이 많아 산책하기 좋은 동네다. 그날도 소엔 어디쯤으로 자전거를 끌고 나갔었다. 파란 신호가 깜빡였다. 전력 질주하면 간신히 건너편에 닿을 수 있었지만, 속도를 줄였다. 골목 어귀에서 어떤 시선이 느껴졌다. 몸통이 부서진 채 볼이 터져라 웃고 있는 '호빵맨' 장난감이었다. 다음 건널목에선 심상치 않은 기척을 느꼈다. 깜짝이야. 독수리였다. 박제된 독수리. 엉거주춤 날개를 펼쳤으나 하늘을 날지는 못했다. 소엔의 봄, 길가의 모든 것은 생과 소멸의 가운데쯤에 있었다. 꽃은 번식을 위해 치열하게 색을 내고 입을 벌렸다. 자신은 곧 사라진다는 걸 너무나 잘 알고 있는 듯 꽃들은 온 힘을 다해 싱그러움을 드러내고 있었다. 몽우리 속에는 씨앗을 떠나 보낼 수 있는 용기를 감추고 있었다.
봄빛 아래를 걸으면 환각 상태를 경험한다. 「상춘곡」에서 말하는, '연둣빛 봄 햇살의 속삭임' 같은 것에 빠져드는 것이다. 그래서 산책은, 골목에서 길을 잃는 것으로 종종 끝이 난다.

그러던 어느 날 아침, 나는 문득 잠든 내 얼굴에 감겨드는 이상한 빛의 속삭임을 듣고 있었지요. 그것은 아주 은은하고 부드러운 생기가 느껴지는 빛이었습니다. 가만히 듣고 있으니 머리맡 문살 창호지에 바늘 끝 같은 것이 타닥타닥 튀는 소리 같았습니다……그것이 문살 창호지를 투과해 들어오는 연둣빛 봄 햇살 소리였다는 걸 어떻게 알았겠습니까……그리고 곧 나는 알게 됩니다. 그것이 멀리서 당신이 오고 있는 소리이며 색깔이었다는 것을 말입니다……당신은 여인이니 부디 어여쁘시기 바랍니다.

– 윤대녕, 「상춘곡」 중에서

"호랑이 장가가는 날이네."

교문 앞에서 날 기다리던 엄마가 했던 말이다. 햇볕이 쨍한 날 잠깐 오다 그치는 비에도, 엄마는 학교 앞으로 우산을 가지고 마중을 나오곤 했다. 나는 엄마와 한 우산에 들어갈 정도로 작았다. 우산 속의 모녀는 호랑이가 장가가서 행복하게 잘살라며 빌었다. 아스팔트 위로 봄비가 증발하는 냄새를 맡고 그때의 추억이 떠올랐다. 녹슨 교문으로 달려가고 싶어졌다. 그 호랑이는 잘 살고 있을까? 막연한 생각을 하는 사이 홋카이도대학교에 닿았다. 하늘은 다시 맑아지고 있었다. 비 냄새는 금방 사라졌다. 대신 가축의 분뇨와 풀 내음이 섞인 맑은 바람이 불어왔다. 농업 대학이 전신인 홋카이도대학의 서쪽 캠퍼스는 숲 속의 목장 같았다. 소와 양이 풀을 뜯고 있는 목장 옆으론 포플러 가로수 길이 곧게 나 있었다.

동아리 방에선 신입생 모집이 한창이었다. 문틈으로 새어 나오는 북적임을 지나자, 일순간 적막이 찾아왔다. 원시림이었다. 숲은 빛과 녹음 말고는 아는 것이 없다는 듯 새침 떨고 있었다. 도시 한가운데의 원시림에서 봄 산책이 주는 환각 상태는 절정에 달했다.

오늘도 나는 잘 있다. 잘 살아있는 덕분에, 발끝이 아찔해질 정도로 걷고 자전거 페달을 굴린다. 봄을 맛보고 냄새를 맡고, 계절이 주는 모든 것과 볼을 비벼댄다. 열 개 발끝으로 땅을 꾹 누르며 봄을 감각한다. 새로운 골목을 탐하며 환각에 빠져 버린다. 봄이여, 부디 내내 어여쁘시길.

お
喋
り
09

루스츠 소풍

목가적인 풍경에
숨겨진 리조트

소풍이라는 말이 참 좋다. 느낌은 소담하지만 이 낱말은
가슴 떨리는 판타지를 품고 있다. 꿈결 같고, 사랑 같은 떨림과 설렘을 준다.
시인 천상병은 잠깐 머물다 가는 인생도 소풍이라고 했다.

시간은 잘도 흐르고, 누구의 삶도 영원하지 않다. 그걸 알면서도 반복되는 일상의 시간 앞에서 거만해진다. 어제 저녁 반찬도 기억하지 못하며, 오늘의 밥상에 감사할 줄 모른다. 수천 수백 번 반복했던 일도 몇 달이 지나면 까마득하다. 점점 생생해지는 순간도 있다. 그것들은 기억이란 이름으로 떠올라 추억이란 파장을 일으킨다. 동녘으로 난 창문을 열다가, 혹은 늦은 시각 막차에서, 새벽 꿈속에서 불쑥 떠오른다.

내게 파장을 불러일으키는 가장 오래된 추억은 첫 소풍이다. 오늘 있었던 일처럼 꽤 자세히 쓸 수 있다. 초등학교 1학년 봄, 장소는 우이동 '훼미리랜드'였다. 입구엔 여러 번 색을 덧칠한 빨간 철제 아치가 세워져 있었다. 엄마와 동생, 짝꿍네 식구들과 함께 자리를 잡았다. 돗자리를 깔았지만, 모래 알갱이가 엉덩이에 배겼다. '청룡열차'가 가장 큰 경사로 떨어지는 곳 옆이었다. 초록색 용 그림이 시시했어도 청룡열차는 훼미리랜드 최고의 놀이기구였다. "엄마, 나도 저거 타고 싶어."하며 칭얼댔지만, 3학년 키가 되면 탈 수 있다는 대답이 돌아왔다. 아쉬운 대로 멀리서 깍깍 소리가 나기 시작하면, 울타리에 달라붙었다. 김밥을 한 가득 넣은 볼이 철조망에 닿았다. 순식간에 청룡이 곤두박질쳤다. 열차가 고꾸라지며 일으킨 바람을 맞으며 3학년이 되기를 꿈꿨다. 점심시간이 끝날 무렵, 다섯 살배기 동생이 바지에 큰일을 저질렀다. 뒤처리를 하고 온 엄마의 표정은 지쳐있었지만, 금세 활기를 되찾았다. 큰딸의 첫 번째 소풍이었으니 없던 기운도 막 솟아났을 것이다. 소풍의 하이라이트, 보물찾기에선 아무것도 찾을 수 없었다. 내가 방금 뒤졌던 화단 뒤에서 다른 아이가 보물 쪽지를 찾았다. 그 장면은 요즘도 가끔 꿈에

나오는데, 어찌나 억울한지 모른다. 소풍 다음 날이면 기행문을 써서 내는 숙제가 항상 있었다. 마지막 문장은 진심을 담아 꾹꾹 눌러 적었다.

'참 재미있었습니다. 다음에 또 가고 싶습니다.'

학생으로서 떠나는 소풍은 정확히 12년 만이었다. 3월에 나는 일본어 초급 2-2반이 됐다. 무작정 살러 왔다지만, 일단 말부터 배워야 살 수 있을 것 같아 어학원에 등록했다. 나와 우리 반 친구들은 유치원생의 유창한 회화 실력을 동경한다.

어학원에선 계절마다 행사가 열리는데, 봄에는 유원지로 소풍을 간다.

일단 '안 간다'고 못을 박았다. 돈 주고 체력 고갈하는 데엔 관심이 생기지 않았다. 그럴 바에야 하루 쉬고 싶은 어른의 마음이랄까. 허나 단체 생활이라는 게 나도 모르게 쓸려 가고 그런 것이라, 결국은 버스에 올라탔다. 소풍 떠나는 서른 살 만학도는 입을 벌리고 잠이 들었다.

버스는 꼬부랑길을 한 시간 넘게 달려 루스츠ルスツ에 닿았다. 루스츠는 홋카이도 원주민 아이누족이 붙인 지명으로, '길이 산기슭에 있다'는 뜻이다. 이 마을 이름은 날 것 그대로였다. 입으로 되뇌다 보면, 모국어가 아닌데도 뜻이 와 닿는 듯했다. '루스츠, 루스츠, 루스츠…….'

리조트 유원지는 첩첩 산중에서 '짜잔' 하고 나타났다. 목가적인 풍경 속에 꼭꼭 숨겨져 있었다. 산기슭에서 회전목마와 그네가 돌아가고 롤러코스터가 튀어 올랐다. 겨울에는 스키장이 된다고 했다. 리조트 뒤로는 요테이 산羊蹄山이 가까웠다. 홋카이도의 후지산이라고 불리는 이 산은, 5월인데도 눈으로 덮여 있었다.

실제로 크기만 다를 뿐 후지산과 똑같이 생겼다. 마치 하얀 모자를 뒤집어 쓴 것 같았다. 오래된 놀이기구와 더 오래된 자연은 어색한 듯해도 잘 어울렸다. 왜 하필 여기에 리조트를 세워야 했는지는 모르겠지만, 환경적인 비판은 살짝 제쳐놓기로 했다. 12년 만의 소풍 장소로 이만한 곳도 없었다. 보물이라도 숨겨져 있을 것 같아 솔직히 좀 신이 났다.

하루는 후딱 지나갔다. 반 친구들과 무리를 지어 놀이기구를 타러 다녔다. 3종 롤러코스터에 바이킹, 후룹라이드, 범퍼카를 섭렵하고, 회전그네, 회전목마, 대관람차까지 자유이용권을 아낌없이 이용했다. 첫 소풍 날 보물찾기를 할 때보다 더 열심이었고, 목이 쉬도록 소리를 질러댔다. 원래 학교 가까이 사는 사람이 지각하고, 관심 없다 했던 사람이 가장 신 나게 노는 법이다. 우리가 지나가면 주변의 이목을 샀다. 제 각각의 억양으로 내뱉는 어눌한 일본어와 감탄사에 시선을 받을 수밖에 없었다. 게다가 통하는 말이 한정적이라 목소리와 제스처만 점점 커질 뿐이었다. 이십 대에서 사십 대까지, 나이도 인종도 모두 달랐다. 대학생, 종교인, 여행자, 게이, 사업가, 바람둥이 등 배경도 각양각색이었다. 말은 서툴렀지만 의사 소통엔 문제가 없었다. 떠나온 자들끼리는 표정만 봐도 무슨 말이 하고 싶은지 알 수 있었다. 얼마 전까지 다른 나라에 살았던 이들과 목이 터져라 소리를 질렀다. 순식간에 하늘과 땅이 팽그르르 돌았고, 꺅꺅대는 소리가 언덕 아래로 퍼져나갔다. 수만 시간 전에 잃어버린 줄 알았던 동심童心이, 다시 몰려왔다. 잡생각이 사라지고 심장은 뜨거워졌다. 신기한 인연과 시간을 가로질러 롤러코스터가 질주했다. 우리는 인생의 행복한 순간 중 하나를 관통하는 중이었다. 열차가 꼭대기에서 떨어질 때 발바닥이 간지러웠다.
다시 초등학교 1학년이 된 기분이었다. 소풍 사진 속엔 저마다 어린 시절과 닮은 미소가 새겨졌다. 없던 주름이 눈가에 패인 것 말고는 변한 게 없었다.
돌아오는 버스에서 침까지 흘리며 곤하게 잤다.
집에 돌아와 창문을 열었다. 노란 달이 구름 속으로 들어가고 있었다. 창문으로 풀 냄새가 들어왔다. 루스츠 리조트에서 찍은 동영상을 돌려 봤다. 하얀 벽지로 메아리가 퍼졌다. 언젠가 큰 파장으로 돌아올 추억이었다. 잠자리에 들기 전, 단체 채팅 창에 알맞은 일본어를 골라 또박또박 찍었다.
'참 즐거웠습니다. 다시 가고 싶어요.'
그곳에 가서 또 동심을 만나고 싶었다. 다음 날 수업시간엔 유난히 졸음이 몰려왔다. 내 어린 마음은 지금쯤 어디에 숨어있을까 궁금했다.

お喋り
10

여름, 예술과 밀회를 즐기다

국제예술제,
뮤직페스티벌, 비어가든

여름 삿포로는 예술과 나, 단둘이 밀회하기 딱 좋은 곳이다.
긴 겨울을 보상하듯 삿포로의 여름은 예술과 축제로 가득하다.
예감이 좋다. 온몸의 문을 열고 삿포로를 감각하자.

'예술'에 대한 이야기를 하려고 한다. 사전엔 이렇게 쓰여 있다.
기예와 학술을 아울러 이르는 말. 이내 사전과는 어울리지 않는 단어임을 알아채고 인터넷 서점을 뒤진다. 적당한 책이 하나 보인다. 『예술이란 무엇인가』. 정직한 제목이다. 지난 4세기 동안 이를 규정하려 했던 11가지 개념을 꼼꼼히 소개한다. '알 수 없는 그 무엇', '아름다움과 우아함을 나타내는 선', '아폴로적, 디오니소스적 접근'…… 맙소사, 끝까지 읽을 가능성이 매우 낮다. 예술을 개념화하기란 불가능하다는 결론에 이른다.
나에게 예술은 뭐랄까, 피라미드 꼭대기에 있는 것이었다. 제대로 배워본 적도, 관심을 가진 적도 없었다. 소위 상류층이란 곳에 편입할 기회가 생기면, 배울 수 있는 것이라 여겼다. 가끔 전시회나 무료 음악회 같은 데에서 몇 번 흉내랍시고 내긴 했다. 작은 울림 같은 게 느껴지기도 했지만, 아무 감흥 없이도 감동한 척 겉모습을 꾸민 게 컸다. 그리하고 나면 교양인이 된 것 같은 기분에 휩싸여 어깨에 힘이 들어갔다. 그렇게 어리석었다. 알고 보면 우린 일상에서 자주 예술을 말한다. 사전적 정의나 11가지 개념 분류를 떠나 단순하게 접근해 본다. '김치찌개 맛이 예술이네, 오늘 날씨가 예술인데, 이 사진 느낌이 예술이야.' 처럼.
그 느낌을 이미 직관적으로 알고 있다. 필수 조건은 진실함이다. 의도하지 않았지만 웃거나 울기도, 마음을 달리 먹기도, 심장이 콩닥거리기도 한다. 진원지를 알 수 없는 여진이 밀려올 때 우린 '예술'이라고 말한다.
전시회나 음악회가 아니어도 예술적 순간이 될 수 있다. 나도 모르게 발걸음을 멈추고, 귀가 열리고, 눈길이 머무는 곳에 집중해 보자. 어쩐지 내가 낯설고

SAPPORO
CITY JAZZ
LEXUS
YEBISU
LEXUS
YEBISU

마음속 좌표가 불안하게 흔들리며 갈피를 잡지 못하는 상황이라면
당장 비행기 표를 끊어야 한다. 전시회, 뮤직 페스티발, 재즈, 비어가든…….
긴 겨울을 보상하는 여름의 삿포로는 예술과 축제로 가득하다.

뜨겁게 느껴진다면, 바로 그때가 아닐까. 출퇴근길 지하철 창 밖을 우두커니 지키던 올림픽대교, 다급하게 마지막 빛을 쏟아내는 해질녘 하늘, 사랑을 고백하는 편지, 친구가 그려준 그림, 노래방 18번의 후렴구, 하코다테의 안개 낀 풍경, 새하얀 눈밭을 훤히 밝히던 보름달……. 지금의 나를 예전과 다르게 만든 그 모든 떨림이 바로 예술의 여진이었다고 나는 짐작한다.

수백 개의 뼈가 움직이기 시작한다/ 나로부터 가장 멀리까지
흘러갔던 바퀴가/ 다시 나를 향해 달려오나/ (중략)/ 숨 쉴 때마다
더 낮은 곳으로 가라앉는 바닥/ 나무뿌리 같은 혈관들이 살갗으로
불거져 나온다/ 나를 떠난 것과 나에게 떠밀려 온 것/
사이에서, 나는 뜨거워진다/ 온몸에서 문이 열리고 있다
– 김지녀, 「여진」 중에서

바삐 움직인 하루의 끝에 남은 건 무엇인가? 끈적이는 몸과 턱밑까지 차오르는 뜨뜻한 공기가 불쾌하다. 땀냄새로 가득한 지하철에서 온통 도망가고 싶단 꿈만 가득하다. 그런 생각으로 마음이 터질 것 같다면, 게다가 여름 휴가지를 아직 못 정했다면, 삿포로를 추천한다. 마음속 좌표가 불안하게 흔들리며 갈피를 잡지 못하는 상황이라면 당장 비행기 표를 끊어야 한다. 긴 겨울을 보상하는 여름의 삿포로는 예술과 축제로 가득하기 때문이다. 이곳에서 온몸의 문을 열어 보자. 그 선두에는 '삿포로국제예술제SIAF'가 있다. 도시와 자연을 주제로 약 두 달간

음악, 공연, 미디어 아트 등 다양한 예술 작품을 발표한다. 2014년엔 피아니스트 사카모토 류이치가 디렉터로 나섰다. 미술관은 물론 공원과 지하도 등 삿포로 시 전체가 예술 무대가 된다.
음악을 빼놓을 수 없다. 클래식 계의 젊은 음악가를 키우는 국제교육음악제 '퍼시픽 뮤직 페스티벌'PMF과 '삿포로 시티 재즈' 역시 농도 짙은 선율로 북쪽 도시의 여름을 채워준다. 시내를 벗어나 오타루로 향하는 길목 이시카리 부두에선 '라이징 선 록 페스티벌'이 열린다. 일본 4대 록 페스티벌의 하나로, 밤을 새우고 떠오르는 해를 바라보며 라이브를 즐길 수 있다. 재즈, 클래식, 록 등 취향에 따라 몸을 흔들면 여름도 나와 함께 춤을 추는 듯하다.
삿포로 중심부를 가로지르는 오도리 공원에선 비어 가든이 열려 목을 축이기 좋다. 야외에서 맥주를 즐기는 홋카이도 사람들의 표정은 바라보는 것만으로도 신이 난다. 목이 길어 슬픈 짐승이 사슴이라면, 겨울이 길어 갑갑하고 서글펐던 이곳 사람들이다. 오도리 공원의 각 블록 별로 삿포로, 아사히, 기린, 산토리 등 로컬 브랜드 맥주 가판대가 줄지어 있고, 독일과 세계 맥주도 만날 수 있다. 홋카이도의 여름 평균 기온은 25도, 습도가 낮고 바람이 선선하게 분다. 낮이면 상쾌한 공기에 햇살과 새소리를 벗삼아 살얼음이 언 생맥주를 마신다. 밤이 깊어갈수록 반짝이는 테레비탑의 불빛과 시원한 바람에 취해간다. 그 기분은 그야말로 예술이다.
지금 나는 삿포로의 초여름 어느 아침을 맞고 있다. 카페에 앉아 피아노 연주를 듣다가 심장이 철렁한다. 창문으로 쏟아지는 햇빛과 무성한 풀잎이 한 폭의 그림 같다. 여름, 삿포로, 예술. 예감이 좋다.

お喋り
11

함박조개 카레와 무로란 8경

바람처럼
살고 싶었다

그날은 완벽하게 혼자였다. 비스듬히 누워 하루를 마감했다. 불면이었다. 권태감이 느껴졌다. 간절히 바다가 보고 싶었다. 기억하려 애쓰지 않아도 기억에 남는 하루를 만들고 싶었다. 남쪽으로 차를 몰았다. 무작정.

그날은 처음부터 끝까지 혼자였다. 쿠션에 비스듬히 누워 하루를 마감했다. 천장은 곧고, 새하얀 커튼은 부드럽게 재단되어 있었다. 소리 내지 않고 말도 하지 않은 채 눈으로만 글자를 썼다. 두렵다고 썼다. 나만 해결할 수 있는 문제들이 침대 머리맡에 쌓여있었다. 어느 것 하나도 쉬이 선택할 수 없었다. 불면이었다. 그렇게 새벽이 왔다. 바람이 부는데 할 수 있는 게 몇 없었다. 창문을 열고 허공으로 시선을 보냈다. 권태감이 느껴졌다. 자리에서 일어났다.

거리를 걸었다. 외벽을 녹색으로 물들이고 있는 덩굴 앞에 섰다. 건물과 건물 사이 한 걸음 정도의 공간이었다. 물건을 쌓아두는 것 말고도 쓸모 있는 틈새였다. 거기에도 바람이 지나갔고 한없이 투명한 하늘이 보였다. 하고 싶은 걸 떠올렸다. 다시 침대로 돌아가기, 바다를 보러 떠나기. 후자를 택했다. 기억하려 애쓰지 않아도 기억에 남는 하루를 만들고 싶었다. 그렇게, 무작정 떠났다.

계획을 세우지 않은 여행은 과감해야 한다. 십 년 전쯤이었나. 그때도 나는 마음이 약해져 있었다. 바다로 가겠다며 친구에게 연락을 했다. 우린 무작정 동서울터미널에서 만났다. 남해는 너무 멀었고, 서해는 어쩐지 가깝게 느껴졌다. '바다라면 동해지!'하며 강원도 지도를 훑었다. 고성부터 삼척까지 길게 늘어진 바닷가 지명 중에 잠시 고민을 하다, '동해니까 동해시市지!' 하고선 네 시간 뒤에 그곳에 닿았다. 종유석이 빛나는 천곡동굴은 오래된 금은방 같았다. 내로라하는 사진가들이 찍은 일출의 장관은 3만 원짜리 민박집에서 볼 수 있었다. 추암 해변의 촛대바위는 동해물이 마르고 닳도록 투박한 심지를 태우고 있었다. 편의점 주인이 부업 삼아 5천 원에 팔던 물회도 잊을 수가 없다. 그 후 종종 물회를 먹었지만 어떤 이름난 맛집도 그 맛을 되살려 주지는 못했다. 그 뒤로 동해시를 간 적이 없다.
어떤 정보도 없이 닿았던 여행지는 다시 찾기 주저하게 된다. 예전 그 모습,
그 느낌이 아닐까 두려운 까닭이다.

얼마간 나를 괴롭혔던 권태와 불면은 어이없는 순간에 해결됐다. 렌터카 직원에게
일본의 도로교통법 속성 교육을 받았으나, 처음부터 오른쪽 차선으로 나가
버렸다. 사방에서 따가운 시선이 느껴졌고, 전방에서 돌진하는 차를 보고야 차선을
반대로 섰다는 걸 깨달았다. 정신이 없었다. 깜빡이를 켜려고 하면 와이퍼가
움직였다. 우회전 신호를 받기도 전에 비보호로 핸들을 꺾었다. 일본의 우회전은 신호가
매우 짧은 대신, 직진 차량이 없으면 비보호로 우회전 하는 게 원칙이다.
어제의 권태를 잊어버린 지 오래였다. 방안에 처박혀 천장을 응시한다고
무료함이 해결될 일은 없었다. 역주행 한번에 무료, 권태, 불면을 날려버렸다.
갑자기, 똑바로 살고 싶은 의지가 샘솟았다.
홋카이도에 고속도로라고 해 봤자 동서남북 네 갈래 중 하나였다. 나는 남쪽을
택했다. 남쪽 끝까지 달렸더니 토마코마이苫小牧라는 항구 도시가 나왔다.
이제 동쪽이냐 서쪽이냐가 문제였다. 그런데, 우습게도 배가 고팠다. 관광 정보지
에서 홋키ホッキ 조개가 토마코마이의 특산물이라고 했다. 우리나라 말로는 '함박
조개'라고 하는데, 함박꽃을 닮아서 붙여진 이름이라 한다. 함박꽃이 무엇인가
찾아보니 부케로 많이 쓰는 작약이었다. 작약의 꽃말이 무엇인가 하니 '부끄러움,
수줍음'이고, 함박조개의 효능이 무엇인가 하니 성인병과 노화 예방이라고 한다.

ホッケ400円

이런 걸 검색한 건 유명한 함박조개 카레 집의 줄이 너무 길었기 때문이었다. 신선한 함박조개를 큼지막하게 썰어 넣어 그 육수로 카레를 만들어 밥 위에 올려 내는 식당이었다. 해물 맛이 깊게 밴 미소 된장국과 두껍게 부친 달콤한 계란말이를 곁들여 먹었다. 동해시의 편의점 물회와 동급으로 잊을 수 없는 맛이었다. 주방 앞에는 그날 들어온 싱싱한 생선과 해산물로 만든 반찬을 진열해 놓아 입맛을 자극했다. 수산시장 구석에 있는 조그마한 식당マルトマ食堂, 마루토마식당에 홋카이도의 바다가 다 들어와 있었다.
배를 채우고 서쪽으로 방향을 정했다. 고속도로를 버리고 해안도로를 달렸다. 조그만 마을의 해안가에 차를 세웠다. 바닷가 산책로로 내려 섰다. 파도는 솟구쳤다가 수천 수만 물방울로 부서졌다. 그러다 조약돌을 적시기도, 다시 바다로 돌아가기도 했다. 내가 나태함에 찌들어 시간을 잃어버리고 있는 동안에도 파도는 부지런히 육지로 달려왔으리라. '가야 할 때를 분명히 알고 가는' 낙화의 뒷모습도 아름답지만, 자신이 어디에 닿아야 하는지 정확히 알고 뭍으로 내달리는 파도도 아름답기는 매한가지였다.

해안도로와 수평으로 난 철길을 달리는 기차를 몇 번 만났다. 나와 기차는 어디론가로 떠나면서도 또다시 떠날 것을 꿈꾸며 달리는 듯했다. 도로는 끝을 짐작할 수 없을 만큼 길고 길게 뻗어 있었다. 파도와 기차를 만나 이런저런 생각을 하다 무로란室蘭이란 도시에 닿았다. 혼잣말처럼 무로란, 무로란 소리 내어 보니 그 이름이 어여쁘게 느껴져 이 도시를 만나고 싶어졌다. 이름만으로 상상했던 이미지와는 달리 커다란 공장들이 항구를 따라 굴뚝을 뿜내고 있었다. 시내로 접어들자 무로란 8경八景 안내판이 여기저기 붙어 있었다. 산동네 가파른 언덕을 올라 지큐미사키地球岬, 지구곶에 도착했다. 홋카이도 원주민 아이누족의 '포로 치켓프'아버지의 절벽라는 말이 한자로 변형된 이름이다. 아사히신문에서 '홋카이도 자연 100' 가운데 첫 번째로 꼽은 곳이 바로 여기라고 했다.
태평양 쪽으로 높이가 100미터는 족히 되는 단애절벽이 시선을 압도했다. 절벽은 해안선을 따라 길게 이어져 있다. 종종 안개와 구름이 껴서 몽환적인 분위기를 자아내는 곳이라고 했다.

날은 맑고 청명했다. 하얀 등대와 사방에서 빛나는 바다가 있었다. 하늘은 바다에 빠져 있었고, 구름은 물통 안에 막 풀어 놓은 물감처럼 바다에 멋진 형상을 만들고 있었다. 나는 그 하늘을 한참 바라보았다. 태양이 정수리를 내리쳤다. 그제야 머리 위에도 하늘이 있음을 깨달았다. 바다와 내가 함께 하늘을 올려다 보는 기분이 들었다. 가슴이 뜨거워지는 시간이 내 앞에 다가와 있었다.
무로란 8경 중 하나인 은병풍銀屏風, 긴뵤우부로 차를 돌렸다. 가는 길은 비포장이었다. 산 너머로 파도 소리는 들리는데 사방은 온통 숲이었다. 무성한 풀밭에서 까치발을 들고 서니 바다와 닿은 절벽이 보였다. 조금 더 가자 이름도 없을 것 같은 해안 마을이 시야에 들어왔다. 동네 초입엔 에모토미사키エモト岬가, 해안 마을 끝에는 은병풍이 있었다. 8경 중 두 곳이 이 마을을 양쪽에서 지키고 있는 셈이었다. 에모토미사키에선 도넛 모양의 구름으로 둘러싸인 요테이 산羊蹄山과

바다 위를 가로지르는 백조대교白鳥大橋, 하쿠초우오오하시를 전망할 수 있었다.
살아보고 싶은 동네였다.
파란 물결을 보고 나자 '아, 세상은 살만한 곳이구나.' 하는 생각이 들었다.
어제까지의 고민이, 권태의 시간이 까마득하게 오래 전 일처럼 느껴졌다. 고독과 불면을 자기 최면으로 과대포장했음을 부끄럽지만 인정해야겠다. 역주행을 했고, 함박조개 카레를 맛있게 먹었으며, 아름다운 무로란 8경을 눈에 담았다. 잃어버린 시간의 부표들이 바다 위로 모습을 드러낸 날이었다. 그리고 나는 바람처럼, 파도처럼 살고 싶어졌다.

인생을 통틀어 가장 행복한 시절을 보내고 있다는 것도 모르고,
팔베개를 베고 가만히 누워 밤을 지새우면서 빗소리를 듣던,
젊은 나날의 조각들.
–김연수, 『사월의 미, 칠월의 솔』 중에서

집에 돌아와 어린아이처럼 푹 잤다. 이른 아침, 캔과 빈 병 부딪히는 소리에 잠이 깼다. 분리수거 날이었다. 일상으로 돌아왔다. 대부분이 잊힐 게 뻔한 평범한 역사가 어김없이 시작됐다. 영화 『카모메 식당』에서 이런 말이 나온다.
'세상 어디에나 외롭고 슬픈 사람은 있다.' 삶의 조각 중에 외롭고 슬픈 시간은 언제나 있다는 뜻일 게다. 그런 날은 예고 없이 또 찾아올 것이다. 그래도 이젠 당황하지 않을 것이다. 나는, 낯선 여행지를 찾아, 다시 집을 나설 것이다.

お喋り 12

남동부 해안 1박 2일 몽환 여행

'히다카'에서 '에리모'까지

몸과 마음으로 붙잡아 둔 순간은 사진보다 선명하고 입체적이다.
북해도 남동부 해안도로에서의 1박 2일은 그런 여행이었다. 바람이 데려온
향기와 해안선의 부드러운 곡선을, 서정시를 닮은 선술집과 안개가 내린
몽환적 풍경을, 몸이 먼저 느끼고 기록하는 꿈결 같은 여행이었다.

때로는 사진보다 유효한 여행 기록 장치가 있다.
스쳐가는 생각을 적은 낙서라든가, 평소 나누지 못했던 솔직한 대화도 그 범주에 속한다. 여행지와 어울리는 음악을 듣는 것도 하나의 방법이다. 듣고 또 듣다 지겨워져 집에 돌아가고 싶을 때까지 듣는 거다. 모든 형태의 기억은 곧 기록이 된다. 온몸과 마음으로 잡아 둔 순간은 사진보다 선명하고 입체적이다.
홋카이도 남동부 해안도로 1박 2일은 그런 여행이었다. 바람이 데려온 향기와 종종 꺼내 읽은 시를, 흔들리는 해안선과 초원의 곡선을 몸이 감각하고 반응하는 날것의 여행이었다. 홋카이도 남동부, 히다카日高에서 에리모えりも까지 이어지는 약 130km의 해안도로를 나는 몸으로 기억했다. 반복해 듣던 배경 음악은 김광석의 <너무 아픈 사랑은 사랑이 아니었음을>이었다.

삿포로를 떠난 지 한 시간 반. 자동차전용도로를 빠져 나오자마자 히다카의 드넓은 초원이 펼쳐졌다. 초원 끝에 바다가 있었다. 2차선 도로는 그때부터 부드러운 해안선을 따라 홋카이도의 동남쪽 꼭지점 에리모까지 이어졌다.
풍경은 서정시를 닮아 있었다. 유명 사진가의 작품 같은 풍경이 끝없이 이어졌다. 부드럽게 물결치는 초원과 해안선은 여인의 굴곡진 몸처럼 매혹적이었다.
멋들어진 수염을 기른 염소는 기품이 있어 보였고, 털이 덥수룩한 양은 철학자처럼 천천히 초원을 거닐고 있었다. 말은 생각이 깊은 시인 같았다.
히다카에 들어서자마자 말에게 마음을 빼앗겼다. '사람을 낳으면 서울로 보내고, 말을 낳으면 제주로 보내라'는 속담이 있다. 우리나라의 말이 제주도라면,

일본의 말은 히다카 지역이다. 홋카이도는 일본 전체 경주마의 94%를 점유하고 있다. 이 가운데 80%가 히다카에 몰려있다. 세계에서 가장 우수한 경주마의 한 종류인 서러브레드Thoroughbred 생산지로 유명하다. 그 이름을 딴 길도 있다. 사람이 사는 땅보다 말이 사는 곳이 훨씬 넓다. 두세 마리가 축구장만한 초원을 차지할 정도로 대접이 극진하다. 한가로이 풀을 뜯고 있는 말의 털은 우아했고 근육은 탄탄했다. 그 아름다움은 경이로운 눈빛에서 절정을 발했다.
우물 속처럼 깊은 저 눈빛. 나는 어느 시인의 눈을 떠올렸다.
경마가 없는 날이었지만, 승마 체험은 할 수 있었다. 경기에서 은퇴한 암컷 서러브레드가 기다리고 있었다. 한낮의 햇살을 받은 흑갈색 털이 금빛처럼 반짝였다. 두툼한 흉부와 그걸 떠받치는 튼튼한 네 다리가 위엄 있어 보였다. 매끄러운 털을 쓰다듬으며 눈인사도 해보았다. 나를 태운 '에이미'는 느긋하게 승마장을 돌았다. 20분 승마 체험으로 나는 말을 좋아하게 됐다. 따뜻하고 매력적이었다.

어느 작가가 그랬다. 여행의 반은 맛이라고.
그 지역의 숨결이 흐르는 전통 음식이라든가, 동네 사람들만 아는 숨은 맛집을 찾는 건 꽤 커다란 기쁨이다. 숙소는 히다카에서 한참 아래인 우라카와浦河에 있었다. 거기에서 동남쪽으로 20분 정도 달리면 사마니様似라는 바닷가 마을이 나온다. 해안에 오야코親子, 부모와 자식 바위 섬이 떠 있는 동네다. 그 어촌 마을에 선술집이 하나 있다. 가게 이름은 시골집田舎屋, 이나카야. 더할 것도 뺄 것도 없는 담백한 작명이다. 그 집을 찾은 건 인터넷에 딱 하나 있던 후기 때문이었다.

내용인즉 그날 바다에서 잡아온 고기로 원하는 대로 요리를 해주며, 메뉴는 애초에 없다는 것이었다. 당일 들어온 고기는 그때마다 다를 것이고, 게다가 펄펄 살아서 신선할 것이었다. 메뉴가 없다는 건 그만큼 손맛에 자신이 있다는 뜻이겠지만, 그보다는 맞춤 요리이니 세상에 하나밖에 없는 음식 아니겠는가? 그곳이 궁금했다. 실패 확률도 거의 없어 보였다.

예상은 적중했다. 주인장 아주머니와 단골손님으로 보이는 중년 남자가 도란도란 얘기를 주고받고 있었다. 박물관에 어울릴 법한 화로와 실내에 걸린 커다란 칼이 눈에 들어왔다. 연기에 그을린 생선이 대롱대롱 매달려 있었다.

진열대에 임연수 한 마리가 있기에 가리켰더니 "어떻게 해줄까요?"라고 물었다. 어리둥절해 하는 우리에게 단골 아저씨가 팁을 주었다.

"조림, 구이, 찜, 탕. 원하는 대로 얘기하면 알아서 해줄 거예요."

주방에 놓인 까맣게 그을려 나이를 짐작조차 할 수 없는 화로가 눈에 들어왔다.

"그럼 구워주세요."

주인 아주머니는 화로에 부채질을 하며 뭉근한 불에 임연수를 익혔다. 그날은 바람이 심해 배가 뜨지 않았다고 했다. 여주인은 좀처럼 만나기 힘든 외국인 손님이 왔는데 사마니의 맛난 해산물을 맛보게 해주지 못해 안타깝다고 몇 번이나 말했다. 미안한 표정을 감추지 못하더니, 기어이 서비스 안주를 세 가지나 내주었다. 일본에선 좀처럼 보기 힘든 시골 인심이었다. 화롯불에 구워낸 임연수는 껍질은 바삭하면서 기름기가 쏙 빠진 흰 살이 무척 담백했다. 뭔가 밥다운 밥이 먹고 싶어 식사도 되냐고 물었더니 아주머니가 당연하다는 표정을 지었다.

"일본음식, 뭐 좋아해요?"

"계란말이랑 된장국, 되나요?"

아주머니는 슬며시 웃으며 끄덕하더니 주방에서 투닥투닥 소리를 냈다.
얼마 지나지 않아 김이 모락모락 나는 흰밥과 계란말이, 미소 된장국이 나왔는데,
뭐 특별한 게 들어간 것도 아닌데 너무 맛있어 밥을 추가했다. 배가 뜨지 않아
해산물이 없어 다행일 정도로. 식사를 마치고 나자, 아주머니가 손님방으로 쓰는
위층으로 안내했다.

방문을 여니 사냥한 곰 가죽이 늘어져 있었다. 으스스했지만, 홋카이도엔 정말
곰이 살고 있다는 걸 눈으로 확인할 수 있었다.

달큼히 취해 선술집을 나왔다. 온천에 몸을 담그러 가는 밤길 역시 바닷길이었다.
눈앞에 주먹만 한 보름달이 휘영청 밝았는데, 땡그랑 하고 떨어질 듯 바다
근처까지 내려와 있었다. 살면서 가장 가까이서 본 달이었다. 달빛에 모습을 드러낸
밤 파도는 진귀한 야경이었다. 모든 게 몽환적으로 느껴졌다. 내일 아침이면
그 자리엔 아무것도 없을 것 같았다. 사마니 시골마을도, 화롯불 밝히던 선술집도.

그날 밤 갈매기 우는 소리에 몇 번 잠에서 깼다. 창문 틈새로 소금기 섞인 신선한
바다 내음이 방안으로 들어왔다. 천장이 낮고 외벽 타일이 닳은 호텔이었다.
우라카와 인浦河, Inn 302호엔 장식이라고는 A4지만한 작은 액자 하나뿐이었다.
거기엔 시 한 편이 담겨 있었다. 애달픈 정감을 주는 무명씨의 고백이었다.
듣는 이 없이 홀로 속삭이는 듯한 짧은 시를 옮겨 적었다.

"날 좋아한단 당신의 말만 내내 듣는 나로 살고 싶어."

한 마디짜리 시는 바다 냄새만큼이나 강렬하게 나에게 스며들었다.

이튿날, 최종 목적지인 '에리모미사키'えりも岬로 향하는 길엔 야생화가 만발해 있었다. 홋카이도의 남동쪽 끝점에 위치한 에리모는 사방에서 바람이 불어오는 곳이었다. 강풍에 견디어 살아남은 야생화의 줄기는 두껍고 곧았다.

봉긋봉긋 끝없이 이어진 언덕엔 풀과 꽃이 빽빽했다. 물안개와 구름이 바다에서 언덕 능선까지 살포시 내려앉아 있었다. 이 길 끝에 천지의 정령이 기다리고 있다 해도 믿을 수 있었다. 자연은 아마도 신神과 가장 닮았을 테니까. 그곳은 만물이 시작하고 끝나며, 돌고 도는 곳이었다. 평화롭고 고요한 해안가 언덕길을 얼마나 달렸을까. 그 길 끝엔 또 한 편의 시가 기다리고 있었다.

에리모미사키 홍보 포스터에 있던 문장이었지만, 다분히 시적이었다.

"바람을 보고, 바람에 귀 기울이고, 바람과 놀다."

표어를 마주한 나는 잠시 이런 상상에 빠져 들었다. '달빛 따라 천지 정령이 지키는 초원을 달린다. 보름달은 그 어느 때보다 크고 밝다. 나는 매끈한 털과 탄탄한 근육을 가진 말 위에 올라타 있다. 물안개 사이를 가로지른다. 바람을 보고, 바람에 귀 기울이고, 바람과 논다.'

お喋り 13

샤코탄 블루와 니세코의 별 헤는 밤

네 여자의 여름 휴가

니세코의 밤하늘은 별천지다. 하늘 문이 열린 듯 불꽃보다 강렬한
별빛이 머리 위로 쏟아져 내린다. 우린 한껏 목을 꺾어 황홀경에 빠져들었다.
별 하나에 사랑과 별 하나에 동경과 별 하나에 시.

몇 번을 반복해도 질리지 않는 놀이가 있다. 과거의 기억을 불러 깔깔거리며 수다를 떠는 '추억 팔이' 말이다. 그 중에서도 대학 시절 기억을 불러 보면, 늘 노천극장이나 도서관 앞 광장이 떠오른다. 캠퍼스의 낭만과 객기 속엔 여대생 네 명이 종종 등장한다. 현재의 나와 그녀들은 다크서클과 팔자주름을 기어이 받아들여야 하는 나이가 됐지만, 그때는 바야흐로 싱그러웠다. 무엇보다 노천극장에서 짜장면에 소주를 시켜먹던 공강 시간을 잊을 수 없다. 도서관을 드나드는 남학생들을 흠모하느라 밤이 새는 줄 모르던 시험 기간도 있었다. 그녀들과 나는 졸업 후에도 추억을 벗삼아 수다를 떨었고, 마침내는 계를 하기에 이르렀다. 모임 이름도 지었다. '아마겟돈'. 브루스 윌리스 아저씨가 소행성을 폭파했던 장면이 떠오르지만, 영화와는 별 관계 없다. '아마 겟돈으로 뭐라도 할 수 있겠지' 하는 소망을 담아 지은 것이다. 어느 정도 불어난 돈을 밤거리에 흥청망청 쏟아 부은 적도 있었다. 이제는 그럴 기운도 나지 않아 산 좋고 물 맑은 곳으로 떠나자고 의견을 모았다. 우리는 비틀거리는 유흥가보다 깊은 산 속 옹달샘이 더 어울리는 나이로 접어드는 중이었다. 아마겟돈의 올해 여름은 틀림없이 별천지 분지마을로 기억될 것이다. 기꺼이 홋카이도를 찾아와준 계원들을 이끌고 샤코탄과 니세코로 갔다.

삿포로 서쪽에 있는 오타루를 지나면 오른쪽으로 바다가 펼쳐진다.

곧이어 나오는 서쪽 지역이 샤코탄積丹이다. 그곳 바다는 특유의 밝고 맑은 빛깔로 감탄을 자아낸다. 그 색을 '샤코탄 블루'라고 부른다. 서쪽 끝까지 가면 아찔하게 튀어나와 있는 기다란 절벽이 하나 있다. 카무이미사키神威岬다. 낭군에게

버림받은 열녀의 원한이 서린 곳이다. 이곳엔 절벽 끝까지 난 산책길이 있다. 나무 울타리에 몸을 맡기고 삼십 분 정도를 걸어야 다다를 수 있다. 절벽은 아슬아슬한 산책길을 걷느라 조금 지쳐버린 우리에게 차고 넘치는 비경을 보여주었다. 샤코탄 블루를 머금은 바다와 웅장한 해안선을 바라 보며, 우리는 예쁜 척 사진을 찍었다. 그러다가 어느 순간 아무도 말을 하지 않고 바다만 응시했다. 아마도 각자가 가지고 온 애틋하면서도 그리운 감정이 소용돌이쳤던 순간이었다고 나는 추측한다.
잠시 뒤 아무렇지 않은 척 감정들을 파도에 떠나 보내고, 바람에 머리칼을 휘날리며 샤코탄 블루 빛 아이스크림을 먹었다.

점심으로 여름 제철을 맞은 우니동성게알 덮밥을 먹기로 했다.
따다닥, 따닥. 성게 껍질 벗기는 소리가 분주하게 들려왔다. 실은 주방 아주머니의 급한 마음만이 느껴질 뿐, 속도는 전혀 빠르지 않았다. 성게는 자칫 한눈을 팔거나 힘을 과하게 주면 뭉개져 버리기 십상이다. 음식은 느리게 나왔다.
물잔 주둥아리만 만지작거리며 삼십 분을 앉아있었다. 심심풀이 대화도 잦아들었다. 허기가 밀려왔다. 뱃속에 무언가를 집어넣고 싶은 욕망이 테이블 위를 둥둥 떠다녔다. 도대체 얼마나 맛있는지 보자는 오기가 벌써 여러 번 다녀갔다. 드디어 황금빛 우니동이 나왔다. 신선하고 몽글몽글한 샤코탄 성게알이 수북했다. 입안에 넣으니 감칠맛이 그만이었다. 크림처럼 녹아내렸다. 시퍼런 여름 바다가 몸 안으로 스며들었다. 제철 재료 하나로 단순하게 만든 음식이지만 자연과 내가 발맞춰 걷고 있는 느낌이 절로 들었다. 종일 입가에서 바다 내음이 가시질 않았다.

ニセコ
ミルク工房
とろけるプリン
大切に・・・

샤코탄에서 서남쪽으로 이어지는 해안도로를 따라가며 우린 마음껏 바다를 머금었다. 니세코로 접어들자 금세 산세가 깊어졌다. 도로변에서 한 포대에 천 엔 하는 옥수수를 산 뒤 '니세코 밀크공방'ニセコミルク工房으로 향했다.

널찍한 공방에 들어서자마자 우리는 만장일치를 보았다. 기꺼이 이곳의 빵을 모두 먹어 보기로 말이다. 빵 굽는 냄새는 인간의 식탐을 시험했고, 그것은 분명 지는 싸움이었다. "전부 여기서 드시고 가는 건가요?" 라고 점원이 물었고, 우리는 동시에 "네." 라고 대답했다. 우리 앞엔 두 종류의 슈크림 빵과 카스텔라 한 덩이, 푸딩 두 종류와 아이스크림, 치즈 케이크 상자와 롤케이크 반 토막이 놓였다. 홋카이도 들판에서 난 밀가루에 니세코 목장에서 얻은 우유와 버터, 치즈와 크림이 잘 섞여 있었다. 미치도록 완벽한 비율이었다. 달콤하지만 너무 달지 않았고, 입에 넣으면 곧 사라져서 먹고 또 먹어도 감질이 났다. 입이 제대로 호사를 누리고 있었다.

빵을 잔뜩 먹은 '빵순이'들은 공방 앞 들판에서 민들레 홀씨를 불어대며 뛰어다녔다. 당분과 밀가루를 과하게 섭취했는지, 발바닥이 폴짝폴짝 잘도 올라갔다. 들꽃을 꺾어 귓등에 꽂고는 뻥 뚫린 초원을 만끽했다. 홋카이도 후지 산이라 불리는 요테이 산이 정면에서 우릴 지켜보고 있었다. 뒤로는 안누푸리 산악이, 좌우론 물결치는 언덕이 천진한 우리를 지그시 내려다보고 있었다.

주변을 한 바퀴 빙 둘러보고 나니, 청승맞게도 왠지 모를 쓸쓸함이 느껴졌다. 마냥 신나는 상황이었지만, 이 시간도 결국 잡을 수 없다는 사실이 서글펐다.

숙소는 산 중턱 외딴 곳이었다. 길을 재촉했다. 첩첩산중으로 렌터카를 몰았다. 장롱에서 면허증을 빼낸 지 얼마 지나지 않았지만 가능하면 상황을 즐기려고 애썼다. 그 어떤 통신 신호도 잡히지 않는 왕복 1차선 도로 위를 달릴 땐 핸들을 잡은 손에 나도 모르게 힘이 들어갔다. 종종 '곰 출몰 주의'라는 표지판을 만났다. 나는 무서움과 스릴을 동시에 즐겼다. 휴우~! 정글 같은 숲길을 넘어 무사히 니세코 와이스 호텔Niseko Weiss Hotel에 도착했다.

저녁 메뉴는 무려 60일 전에 예약한 덕에 할인 혜택을 받은 가이세키 료리일본식 연회 요리였다. 그 어감만으로 연상할 수 있는 저렴한 욕을 농담이랍시고 낄낄거리며 호텔 식당으로 향했다. 전채前菜부터 디저트까지, 아담하고 정교하게 장식한 요리가 우리 앞에 놓였다. 계절에 맞는 다양한 맛을 느낄 수 있는 게 묘미였다. 십여 가지 음식이 순서대로 나왔는데, 서로 다른 재료와 요리법을 사용했다. 아름다운 색과 모양은 물론, 그에 맞는 그릇 재질까지 고려한 듯했다.

오감이 즐거운 식사였다.

나는 벌거벗는 게 부끄러우면서도 여행의 하루를 마무리할 땐 온천을 찾곤 한다. 온천은 중독을 부르는 강한 매력이 있다. 일단 알몸이 된 사람들 사이에는 옷 대신 친밀한 기운이 등을 감싼다. 입김과 뜨거운 온천수의 아지랑이 틈으로 가벼운 말을 주고받을 따름이다. 와이스호텔의 온천에선 썩은 달걀이나 메케한 총탄 같은 유황 냄새가 났다. 노천탕은 숲 속의 높다란 언덕 위에 있었다. 풀벌레 소리가 귓속으로 흘러 들어왔다. 달 아래로 지나가는 여우의 기운 없는 그림자를 가만히 눈으로 따라가 보기도 했다. 감각적인 밤이었다.

여행 이튿날, 우리는 니세코에서 가장 아름다운 늪으로 이름난 신센누마神仙沼로 향했다. '누마'沼는 습지 혹은 늪 이라는 뜻이다. 그러니까 우리는 신선이 노닐었다는 습지로 가고 있는 중이었다. 고산지대의 생태계는 신비로웠다. 바람이 불면 부는 대로, 구름이 흐르면 흘러가는 대로, 그 자체가 하나같이 절경이었다.
자연은 계절을 따라 유유히 흘러가고 있었다. 산책로를 따라 원시림을 걸었다. 삼사십 분 정도 지났을까. 붉은 가문비나무로 둘러싸여 있던 숲길이 끝나고, 시원하게 트인 습지대가 나왔다. 이어진 길을 따라가 신선이 물놀이했다는 늪을 만났다. 우리는 그곳에서 무엇을 해야 할지 정확히 알고 있었다. 쉬어가기.
우리는 각자 편안한 자세로 앉아 휴식을 취했다. 하늘이 고인 새파란 물웅덩이 위에 오랫동안 묵혀둔 생각을 띄웠다. 바람이 불 때마다 생각의 조각들이 가늘게 흔들렸다. 그러다가 바람을 따라 공중으로 날아올랐다. 마음이 물처럼, 습지의 물처럼 잔잔해졌을 무렵, 우리는 신센누마와 작별 인사를 나눴다.
두 번째 숙소는 작은 독채 펜션이었다. 석양이 요테이 산에 걸려 붉은 기운을 마지막으로 토해낼 즈음 바비큐 파티를 시작했다. 두툼한 고기와 새우도 맛있었지만, 채소를 구워 먹는 맛이 더 좋았다. 니세코의 흙에서 자란 호박, 옥수수, 양파, 감자 따위가 늦은 밤까지 고소하게 익어갔다. 우리는 부스러기 한 톨도 남기지 않고 참숯 한 박스를 다 피웠다. 타오르는 불꽃을 바라보다가 우리는 마음이 동해 불콰한 낯빛으로 반주도 없이 덩실덩실 춤까지 췄다.
그 모습이 숲을 뛰어다니는 풋내기 짐승 같았다.
니세코의 밤하늘은 별천지였다. 하늘 문이 열린 듯 불꽃보다 강렬한 별빛이 머리 위로 쏟아져 내렸다. 별똥별은 무법자처럼 질주하다 어디론가 사라졌다.

우린 한껏 목을 꺾어 황홀경에 빠져들었다. '별 하나에 사랑과, 별 하나에 동경과, 그리고 별 하나에 시'를 떠올렸다. 둥그런 지구 위의 한 점에 기대어 앉아 우주를 여행하는 기분이었다. 아무것도 생각하지 않는 것에 대해 생각하고, 아무 말도 하지 않는 것에 대해 말하고, 아무것도 들리지 않는 것에 대해 들었다. 망상이라도 좋고 환상이라 해도 좋았다. 또 이런 구절도 떠올랐다.

아 기뻐하여라. 그대는 여기 혼자 있는 게 아니고
별빛 속에 수많은 나그네들이 길을 가며
또 그대에게로 다가오는 사람이 있다
-한스 카로사, 「옛 샘」 중에서

여행에서 돌아온 뒤 며칠 동안 몸살을 앓았다. 열이 나고 근육이 쑤시고 아팠다. 아마겟돈 여행의 여파는 꽤 강렬했다.

お
喋
り
14

일본의 사소한 고독과 편의

홋카이도 편의점으로
밤마실 가고 싶다

어서 오세요! 여기는 24시간 문을 여는 편의점입니다.
적당한 고독을 파는 곳이죠. 아무것도 사지 않아도 괜찮아요.
그래도 나는 말합니다. 감사합니다. 다음에 또 오세요.

친구가 다니는 모 항공사에서는 직원들에게 비행기 표를 90% 할인 가격으로 살 수 있는 혜택을 준다고 한다. (과장 좀 보태) 바이주와 꿔바로우중국식 탕수육가 당기는 주말엔 중국으로, 연휴엔 태닝하러 동남아로 뜰 수 있는 거다. 후줄근한 현실을 팽팽하게 충전해주는 복지 혜택이다. 예전에도 앞으로도 내게는 없을 기회지만, 상상은 가능하다. 내게도 그런 기회가 있다면, 가끔은 홋카이도로 밤마실을 다녀올 것 같다. 간절히 그리워할 공간이 있는 까닭이다. 스물네 시간 '이랏샤이마세!'어서오세요를 반복하는 그곳, '세이코 마트'Seico Mart로 가겠다. 주황색 간판이 친절하게 불을 밝히는 서른 평 남짓한 편의점. 문을 열고 들어가면 로봇 같이 반복하는 알바생의 인사를 듣는 둥 마는 둥 해야지. 맘껏 어슬렁거리다 화장실에도 들르고, 신간 잡지도 주르륵 훑고. 작은 바구니에 음료수며 아이스크림, 냉동식품이나 과자 따위를 내키는 대로 주워담는 거다.
아, 계산 전엔 포인트 카드와 쿠폰도 잊지 말고 내밀어야 한다.

세이코 마트Seico Mart는 홋카이도에만 있는 편의점이다. 주로 도내에서 나는 상품을 들여 놓고, 지역 특산물로 도시락과 간식을 만들어 판다. 상품의 7할 정도가 '홋카이도 한정'限定이다. 여름이면 옥수수를 찌고, 겨울에는 가리비를 구워 도시락에 올린다. 가장 화려한 곳은 음료 판매대다. 계절 따라 한정 음료와 맥주가 바뀌기 때문이다. 이네들 한정 상품 참 좋아한다. 계절이 바뀌거나, 특별한 지역 행사가 있는 경우 주로 내놓는다. 아무 때도 아닌데 '기간 한정'이란 표시를 붙여 나오기도 한다. 맛은 글쎄? 복불복이다. 그래도 혹시나 하는 마음에 매번

손이 가는 걸 보니, 그들의 영업 비결이 놀라울 따름이다. 맘에 두었던 상품이 어제로 판매를 끝냈다 해도 괜찮다. 오늘부터 또 다른 한정품이 나오기 때문이다.
'컨비니언스 스토어'convenience store의 원조는 미국이다. 한국엔 편의점이란 이름으로, 1989년에 처음 들어왔다. 일본에서 편의점은 '콘비니'コンビニー라 줄여 부른다. 간단한 식료품을 살 수 있고, ATM이나 택배 서비스는 우리와 비슷하다. 다만 취급하는 물품이나 서비스는 더욱 다양하다. 음료나 주류, 식품이나 간식의 종류가 웬만한 슈퍼 만하다. 고속버스나 콘서트, 스포츠 경기 표를 예매할 수 있고, 각종 쿠폰 발급과 이벤트 응모를 할 수 있는 기계도 있다. 공과금 납부와 우편물 접수는 물론, 팩스, 복사, 스캔, 사진 인화도 가능하다. 무료로 신간 잡지와 소년 만화를 볼 수 있고, 눈치 보지 않고 드나들 수 있는 화장실도 있다. 편의점 앞은 휴식을 취하는 운전자들과 영업 사원, 담배를 피우는 행인들로 붐빈다.
목 좋은 곳엔 브랜드 별 점포가 네다섯 군데 있기도 하고, 주택가에도 골목마다 24시간 영업 간판이 눈에 띈다. 그만큼 일상생활에서 콘비니 의존도가 매우 높다.
문득 콘비니 문을 나서다가, 언젠가 이곳이 무척 그리울 것 같다는 생각이 들었다. 아무렇지 않게 반복하다 어느 순간 뚝 끊어버린 것들이 오히려 더 간절하기 마련이다. 당시엔 별 것 아니게 보이던 것들이 아무렇게나 불쑥 생각을 비집고 튀어나온다. 아득함의 진수다. 콘비니는 그런 곳이다. 일본 생활을 하며 매일 아무렇지 않게 드나든다. 아침마다 커피와 점심 도시락을, 집으로 돌아오는 길엔 맥주와 안줏거리를 참 많이도 샀다. 이 공간에 흘러왔다 흘러가는 보통의 사람들, 보통의 시간, 보통의 물건들, 그 총체적인 편의를 나는 무척이나 그리워할 것 같다.

FOG BAR

pino
Crispy Sandwich
Crispy Sandwich
Crispy Sandwich
ジャンボ

외로운 타지 생활에서 콘비니는 마음의 안식처와 같다. 거기엔 항상 누군가가 있다. 나는 주로 캔 커피와 오니기리삼각 김밥, 스파게티 도시락, 맥주 따위를 사곤 한다. 가끔은 기름옷을 갓 입고 나온 닭튀김이나 달콤한 디저트에도 손을 뻗는다. 30여 평 사각 공간 안에는 그야말로 없는 게 없다. 크기 별 속옷, 바비큐용 숯과 그릴, 스키 장갑, 고양이 화장실용 모래와 거북이 사료까지 있다. 급할 땐 집 앞 편의점에 가면 되는 거다. 그 기대에 낭패를 볼 때도 있다. '콘비니 안전 불감증'이라고나 할까. 오밤중에 찾아간 편의점에서 원하는 걸 찾을 수 없을 때의 허망함이란.
편의점 이용객은 대부분 혼자다. 작은 방과 작은 창문을 가진 사람들. 오늘도 누군가에게 시달렸고 친구들은 모두 바쁘다. 여기에 들어선 이들은 아무 말 하지 않아도, 누구에게도 신경 쓰지 않아도 된다. 혼자임을 당당하게 제시하며, 1인분의 음식과 물건을 살 수 있다. 편리하고 고독하다. 이 고독함은 건들거리는 허세도 아니고, 눈물 떨구는 우울과도 가깝지 않다. 말하자면, 요즘 아이들의 인터넷 용어를 닮은 고독이다. 간결하면서도 여백이 많다.

내 세균같이 사소한 고독을 겸손하면서, 나도 사색의 반추는 가능할는지 불가능할는지 몰래 좀 생각해 본다……그렇건만 내일이라는 것이 있다. 다시는 날이 새지 않는 것 같기도 한 밤 저쪽에 또 내일이라는 놈이 한 개 버티고 서 있다……오늘이 되어 버린 내일 속에서 또 나는 질식할 만치 심심해해야 되고 기막힐 만치 답답해해야 된다. _ 이상, 『권태』 중에서

어느 목 좋은 사거리의 일층 건물. 대부분은 홀로 서성이고, 바라보며,
생각하고, 결정한다. 하루의 노곤함을 어깨에 얹고 우두커니 창가에 선다.
여행 잡지를 뒤적이기도, 만화에 몰두하기도 한다. 하나같이 고독하지만, 다만
모두가 비슷하기에 위로 받을 수 있다. 편의점에는 일상의 고독이 미련 없이 질주
하고, 내일은 내일의 태양이 뜰 거라는 위로가 멈추어 선다. 상반된 두 가지가
상쇄돼 만나는 교차로다. 모든 것은 빠르게 나타났다 사라진다. 진열품과 서비스는
일련의 순서대로 정돈되어 있다. 무척이나 정갈하고 깔끔하다. 동시에 무료하고
따분하다. 사람들은 각자가 원하는 것을 조용히 얻어 가고, 직원들은 정해진 동선과
서비스 인사를 기계적으로 행하느라 분주하다. 콘비니에 다녀오면 메마른 소설
한 장면 속으로 들어갔다 나온 기분이 든다. 두말할 것 없이 읽는 이를 더 고독한
존재로 만들어버리고야 마는, 전형적인 일본풍 소설 말이다. 읽고 나면 가슴
한구석이 텅 비고, 관자놀이가 살짝 띵한.
하루에도 몇 번씩 편의점 문을 나설 때면, '저 젊고 기계적으로 성실한 알바생은
나를 기억하고 있을까?' 라는 물음이 스치기도 한다. 다만 그에 대한 답은 찰랑이는
거스름돈보다 중요하지 않다.
'어서 오세요! 여기는 24시간 문을 여는 편의점입니다. 적당한 고독을 파는 곳이죠.
허기진 낮의 위장을 기름으로 채우고 싶거나,
까칠한 밤에 무덤덤해지고 싶을 때 찾아오세요. 아무것도 사지 않아도 괜찮아요.
그래도 나는 말합니다. 감사합니다, 다음에 또 오세요.'

겨울을 기다리는 감각

짧지만
강렬한 가을

お喋り
15

시코츠 호수, 밤의 기억

한없이
투명에 가까운 블루

호수는 몹시 파랬다. 언젠가 많이 그리워할 그런 파랑이었다.
마음이 잿빛처럼 흐린 날이라면 더욱 그럴 것 같았다.
계절을 닮아 변덕스러운 마음이 천천히 호수 위를 떠다니고 있었다.

범상치 않은 먹구름이 가득 고여 있었다. 오랜만에 가는 여행인데, 괜찮겠지? 스스로를 위로하며 하늘을 올려나보았다. 숙소와 렌터카는 이미 예약을 해둔 상태였다. 낮에 확인한 일기예보가 마음에 걸렸다. 불안한 마음에 뒤척이다 겨우 잠이 들었다. 잠결에, 휴대전화 벨 소리를 들었다. 내가 설정한 벨 소리가 아니었다. 무척 다급하고 시끄러웠다. 무시하고 잠을 청했으나 전화는 삼십 분 간격으로 울어댔다. 실눈을 뜨고 화면에 찍힌 일본어를 읽었다. 재난 경보 문자였다.

'호우 경보, 산사태, 홍수 발생, 피난해야 할 수 있으니 대비 요망.'

정말 그래야 하나? 비몽사몽 고민하다가 전원을 끄고 다시 잠이 들었다.

아침 하늘은, 맑았다. 구름은 빠르게 흘러가며 어수선했던 지난밤을 정리하고 있었다. 그래. 아무 일도 없었던 거야. 혼잣말을 하며 텔레비전을 켰다. TV는 산사태로 유실된 도로와 빗물이 거실까지 넘쳐 바구니로 퍼내는 모습을 반복해서 재생하고 있었다. 그리고 전화벨이 울렸다. 밤새 울린 경보만큼이나 불길한 예감이 들었다. 료칸여관 직원이었다. 삿포로에서 오는 453번 도로는 전면 통제라고 했다. 다른 길로 와야 한다고 했다. 호숫가 도로 입구부터는 숙박객만 허가를 받고 들어갈 수 있다는 말도 전해주었다.

시코츠 호수支笏湖는 비행기에서 내려다볼 수 있다. 삿포로 남쪽에 있다.

'잠시 후, 신 치토세 공항에 착륙한다'는 말이나, 이륙 후 일정 고도에 접어들어 안전벨트 표시등이 꺼질 때 즈음의 거리다. 서울로 치면 평택이나 안성쯤 되는 가까운 곳이다. 하늘에서 내려다보면, 조물주가 퍼다 놓은 것 같은 새파란 물웅덩이가 있다. 온 세상이 다 말라도 저곳은 여전히 푸를 것 같은,

비현실적으로 파란 호수다.
홍수로 어수선했지만 떠나기로 했다. 긴장된 마음으로 숲으로 난 국도를 달렸다.
길가에는 트럭이 넘어져 있었고, 등산로 입구엔 통행금지 표시가 붙어있었다.
엄청난 게 지나간 걸 짐작할 수 있었다. 한 시간쯤 달려 호수 입구에 차를 세웠다.
배수로에서 분수처럼 터져 나온 물이 도로를 적시고 있었다. 거기서부턴 순찰차의
전후방 호위를 받으며 호수 건너편 숙소까지 가야 했다. 이차선 도로의 반은
떠밀려 온 바위와 뿌리째 뽑힌 나무로 뒤덮여 있었다. 빨갛고 노란 사이렌 불빛이
사방으로 퍼져 더 불안하게 느껴졌다. 키 큰 나무들이 진초록 잎을 출렁이며 어두운
터널을 만들었다. 듬성듬성 튀어나온 바위는 금세 작은 차로 달려들 것 같았다.
기괴한 풍경 때문이었을까? 호수 괴물이나 쥬라기 공원이 자꾸 떠올랐다.

태초처럼 고요했다. 사람의 기척보다 숲과 물의 기척이 더 컸다.
앞마당에 들어서자, 습기 가득한 나무 냄새가 무릎 밑까지 올라왔다. 마루코마
온천 료칸丸駒温泉旅館은 백 년 전 지어진 목조 건물이었다. 도로가 생기기 전에는
한 달에 한 번 꼴로 다니던 배가 유일한 교통수단이었다고 했다. 객실 문은 옛날
사람들의 작은 몸에 맞춰져 자칫 부딪힐 정도로 낮았다. 뿌연 조명이 비추는
로비에는 여인들이 호숫가에서 천연 온천을 즐기는 흑백 사진이 걸려 있었다.
마당에선 생의 끝자락에 닿은 나방 한 마리가 날갯짓을 하고 있었다.
얼굴의 반은 나무를 닮고, 나머지 반쪽은 호수를 닮은 늙은 아주머니가 차려주는
저녁을 먹었다. 그녀는 날씨 때문에 예약을 취소한 사람이 많아 온천도 한가할

거라고 귀띔하며 하얀 밥을 정성스레 퍼주었다. 노천탕에는 엄마 손을 잡은 꼬맹이 아가씨가 조잘대고 있었다. 그녀들이 떠나자 달 아래 나와 어느 머리 짧은 여자만 남았다. 호숫가는 도로를 정비하는 공사로 늦도록 불빛을 내고 있었다. 그녀와는 오래도록 말을 나누었다. 목욕탕에서 처음 만난 사람치고는 어색하지 않았다. 도쿄에서 휴가를 받아 온 그녀는, 홋카이도의 북쪽과 동쪽을 둘러보고 마지막으로 이 호수를 찾았다고 했다. 건너편 산 너머에서 몇 번 번개가 쳤다. 그 빛으로 호수의 물결을 살필 수 있었다.

노천탕도 일품이었지만, 이 료칸의 묘미는 자연에 있는 천연 온천이었다. 그곳으로 가려면 아무래도 기분이 이상했다. 징검다리 같기도 하고, 폐광으로 내려가는 길 같기도 한 긴 나무 계단을 오르락내리락 해야 했다. 얕은 돌담을 두고 한쪽은 바로 호수로 이어졌고, 그 반대는 온천수가 나오는 탕이었다. 돌담 틈새로 작은 길을 내어 호숫물이 드나들었다. 깊이와 온도는 수시로 바뀌었다. 그날 밤엔 실로 나 혼자 몸을 담그고 있었다. 호수로 흘러들어 온다는 강의 이름들을 소리 내 읽어 보았다. '비후에, 오코탄페, 니나루, 후레나이…….' 그렇게 하나하나 불러주면, 물이 답을 하는 것 같았다. 출렁, 출렁.

흙을 뒹굴던 나방은 몇 번 날갯짓을 더 했던 걸로 기억한다. 하늘은 가르마를 탄 듯했다. 호수 북쪽엔 점점이 별들이 떠 있었고, 건너편 마을엔 비가 내렸다.

호수는 참 많은 나무와 흙을 집어삼켰다. 그건 왠지 죽음이 아니라, 한 계절의 끝과 또 다른 계절의 시작을 알리는 자연의 당연한 일과처럼 보였다. 다음 날, 번개는 멀리 떠났고, 인부들은 도로 보수 작업을 다 마치지 못했다. 호수는 몹시 파랗고 커서, 언젠가 많이 그리워할 파랑이었다. 마음이 작아지고 잿빛처럼 흐린 날이라면 더더욱 그럴 것 같았다. 나는 조불주의 물웅덩이를 배경으로 사진을 찍었다. 계절을 닮아 변덕스러운 마음이, 시집의 책장을 넘기듯 천천히 물 위를 떠다니고 있었다.

お喋り
16

쉘 위 스위츠 in 홋카이도

입술과 혀의
달콤한 사치

이탈리아 장인이 한 땀 한 땀 가죽 바느질을 하듯, 일본에는
천상의 디저트를 만드는 장인이 있다. 오비히로帯広는
홋카이도 스위츠를 대표하는 스위츠의 성지이다.

낡은 가죽 가방을 옆자리에 둔 중년의 아저씨가 홀로 앉아 있었다. 해가 서쪽에서 붉게 뭉개지고 있을 즈음이었다. 그의 눈은 온통 한 곳만을 바라보았다. 알록달록 고운 파르페였다. 그는 얇고 긴 스푼을 조심스럽게 쥐었다. 그러고 나서 오랫동안 눈을 감은 채, 차갑고 달콤한 파르페를 시간을 두고 음미했다. 부드러운 바닐라 아이스크림 위엔 크래커와 껍질을 벗겨낸 붉은 과육, 캐러멜 시럽이 얹어져 있었다. 아래로 좁아지는 컵 속으로 아저씨는 스푼을 휘저었다. 밑에 남겨진 알갱이까지 빈틈없이 긁어 입으로 가져갔다. 그를 보고 있자니, 낡은 가방에 실려온 시름과 고단함이 사라지는 것 같아 마음이 편해졌다. 세상엔 상식이나 고정관념을 보기 좋게 뒤엎는 일이 의외로 많이 일어난다. 다만 중년 남성이 파르페를 탐닉하는 모습은 적잖이 낯설었다. 그날 이후로 아이스크림 가게를 찾는 일본 남성들을 유심히 관찰하기 시작했다. 우리나라 도시 어디를 가도 김밥이나 떡볶이 가게가 있듯 일본엔 소프트 아이스크림 가게가 많은 편이다. 가게 앞엔 줄 서서 기다리는 남자들이 놀랍게도 많다. 사실 홋카이도 아이스크림이 맛이 좋긴 하다. 담백하고 고소하며, 부드러우면서도 쫄깃한 식감을 자랑한다. 게다가 첨가물도 최소화했다. 일본 남자들은 하나같이 아이스크림을 먹으며 행복해한다. 흘러내리는 아이스크림 콘을 들고 느리게 걷는 남자도 어렵지 않게 볼 수 있다. 카페나 디저트 전문점에서도 남자들끼리 삼삼오오 앉아있는 풍경을 종종 만나게 된다. 손수건만 한 테이블에 옹기종기 모여 수다를 떤다. 파르페 앞에서 순수해지는 남자들. 그들이 조심스럽게 디저트를 즐기는 모습이란. 처음엔 낯설지만 익숙해지면 그 풍경이 귀엽고 때로는 꽤 매력 있어 보인다.

자상하고 조심스럽게 디저트를 다루는 모습이란 말이다.

케이크, 쿠키, 아이스크림, 파르페, 푸딩, 화과자, 초콜릿, 빙수 등 온갖 달콤한 것들을 통틀어 이곳 사람들은 '스위츠'Sweets라고 부른다. 스위츠 카페는 '달다구리 마니아'들에겐 천국과도 같은 곳이다. 스위츠를 커피나 차에 곁들여 먹는다. 우리는 각자 음료를 시키고 케이크 한 개를 나눠 먹는 게 보통이지만, 여기는 그 반대다.
모두 스위츠를 각자 시켜 먹는다. '1인 한 접시'를 고수하는 것이다. 두 조각 이상을 먹는 사람도 꽤 있다. 일본 사람들은 남녀 가리지 않고 스위츠를 탐닉한다.
스위츠 맛의 비밀은 여기에 있다. 디저트 카페에선 공장에서 생산한 냉동 생지를 쓰지 않는다. 파티시에가 직접 만든 생지를 사용한다. 사르르 녹는 생크림에 제철 과일이나 진한 초콜릿, 위스키나 럼주가 들어가기도 한다. 생각만큼 느끼하지
않고, 적당하게 달다. 장식은 또 어찌나 아기자기한지, 스위츠 카페를 찾은 사람들의 목소리 톤이 점점 높아질 수밖에 없다. 우울할 때면 잊지 말고 스위츠 카페를 찾아가자. 단 것을 원 없이 먹고 나면 시름은 금세 사라진다.

이탈리아 장인이 한 땀 한 땀 가죽 바느질을 하듯, 일본에는 디저트를 만드는 장인이 있다. 오비히로帯広는 홋카이도 스위츠를 대표한다. 삿포로 동쪽 드넓은 토카치十勝 지역에서 가장 큰 도시다. 토카치 평야에서 나는 농산물 덕에 홋카이도의 식량 자급률은 1,000%를 웃돈다. 이 지역에 가면 끝 없는 평야와 목장뿐이다. 처음엔 한가로운 정취와 자연에 취하지만, 몇 시간을 달리다 보면

졸음이 몰려올 만큼 풍경이 비슷하다. 이 지역에서 가장 큰 도시라지만 오비히로도 비슷하다. 한적해서 심심하기까지 하다. 하지만 당신이 스위츠를 좋아한다면 얘기는 달라진다. 오비히로는 스위츠의 성지이다. 혀와 입술의 사치를 원한다면 '스위츠 투어'가 있으니 주저하지 말자.

오비히로 스위츠의 일등공신은 토카치의 비옥한 땅이다. 평야에서 난 곡식과 신선한 유제품이 든든한 '빽'인 셈이다. 여기에 가게들만의 특색과 장점을 더한다. 오비히로엔 역사 깊은 스위츠 명가가 즐비하다. 본점에서만 맛볼 수 있는 한정 제품도 놓칠 수 없다. 오래된 제과점에서 구워내는 빵 냄새를 맡다 보면, 어렸을 적 한 번쯤 가져봤을 베이커리 사장님의 꿈이 되살아난다. 단 것이라면 눈이 번쩍 뜨이는 분들이여, 오비히로는 아마도 당신의 스위츠 성지가 될 것이다.

손바닥만큼 작은 간판을 단 가게들은 가로수 사이에 숨어있다. 어떤 집은 치즈 케이크만 팔고, 온통 초콜릿뿐인 가게도 있다. 조심스럽게 구운 빵과 단정한 케이크가 조용히 당신을 기다린다. 불그스름히 수줍은 딸기 쇼트 케이크, 우아한 밤 몽블랑, 마력의 가토 쇼콜라, 풍미가 깊은 단호박 치즈 케이크……. 오후의 햇살과 바람에 살랑이는 커튼 자락이 잘 어울리는 풍경이다. 여기에 당신이 등장하는 순간, 작은 골목 풍경은 완성된다.

달고 부드러운 것들은, 가만히 우리의 오후를 채워준다. 스위츠가 있는 곳에 슬픔의 자리는 없다. 입술이 즐거워하고, 혀가 감탄한다. 그리고 입과 혀보다 마음이 먼저 말할 것이다. 달콤한 건 좋은 거라고.

六花亭 チョコレート
ミルク

お喋り 17

삿포로 돔, 그날의 야구

당신이 야구를 사랑하는 이유

혹자는 야구를 인생에 비유한다. 전설의 타자일지라도 삼진을
당하면 풀이 죽어 덕아웃으로 향하고, 무명 선수가 홈런 한 방으로
역전 신화를 일구기도 한다. 그리고 마침내 홈으로 들어왔을 때,
그곳은 다시 원점이다. 우리는 그렇게 매일 다시 시작한다.

야구와 나는 어떻게 인연을 맺었던가. 고등학교 체육 시간으로 거슬러 올라간다. 운동장을 가로지르는 뻥 소리와 함께 시계 반대 방향으로 달려 베이스에 안착했다. 배트 대신 한쪽 발을 내밀고, 주먹만 한 공 대신 피구 공을 날리는 일종의 소프트볼이었다. '공이 날면 뛴다'는 규칙을 처음으로 이해한 날이었다.
곰곰이 생각해 보니, 야구를 처음 안 건 남동생이 어린이 야구단에 가입한 날이었다. 여아용 유니폼은 아예 없었다. 나는 야구가 뭔지도 모르면서, 한동안 삐죽 입을 내밀고 토라져버렸다. 첫 만남이 좋지 않아서인가? 야구를 마주할 때마다 조금 비뚤어진 질문을 내뱉는다. 전후반도 아니고, 쿼터제도 아닌, 아홉 번씩이나 순서를 돌아야 하는 이유는 무엇인가? 게다가 봄부터 늦가을까지 세 계절을 꽉 채워 이어간다. 일주일에 단 하루만 빼고 경기는 계속된다. 정말, 매일 야구를 봐야 하는 건가? 시즌이 끝나면 동계 합숙 훈련까지 해내는 선수들은 도대체 언제 쉬는 걸까? 일 년에 며칠이나 가족과 함께 보낼까? 이 모든 게 우매한 질문이라는 걸 잘 안다. 그래도 나는 또 묻는다. 도대체 야구란 무엇이며, 뭐가 그리 좋으냐고. 콩나물시루 같은 지하철에서도 안테나를 콧구멍까지 빼어 들고 중계를 챙겨볼 정도로 중요하며, 승부에 일희일비 하며 술 취해 웃고 울 정도로 당신에게 절실한 건 아니지 않느냐며 비꼰다. 그들은 쉽게 대답하지 못한다. 마치 사랑이란 무엇이며, 사랑은 왜 하는 거냐고 묻는 것 같다고 한다. 말문이 막힌 채 눈동자만 진지하게 깊어져 간다. 그래, 당신 정말 야구를 사랑하는구나.
살며시 고백하건대, 나는 특별한 애정도 없으면서 기아 타이거즈의 선수 별 응원가와 타순을 줄줄 외우고 있다. 그 구단이 12년 만에 우승했을 때에 어느

아버지와 아들은 끌어안고 울었다고 한다. 그들은 백과사전처럼 연도별 성적과 선수들의 프로필을 읊을 수 있다. 야구라면 열 일 제치고 챙겨봐야 하며, 야구 이야기로 분위기가 살아나는 집으로 나는 시집을 갔다. 기아 타이거즈가 수도권 원정을 올 때마다 예매 전쟁을 뚫는데 동참해야 했다. 전설로 불리던 이종범 선수가 은퇴하던 날엔 온 가족이 KTX를 타고 광주까지 경기를 보러 가기도 했다. 그날 우리 집 남자들의 눈에서 무언가 별처럼 반짝이는 걸 보았다. 야구장에 셀 수 없을 만큼 많이 가봤지만, 사실 경기를 열심히 본 적은 없다. 경쾌한 소리를 내며 날아가는 공과 뒤바뀌는 전광판의 숫자들 사이에서 나는 식어가는 치킨이나 족발, 햄버거, 떡볶이 따위를 먹었다. 야구장 맥주는 마약이라도 탄 듯 했다. 배도 부르지 않고 감칠맛 났다. 나는 맥주 마시는 재미에 푹 빠져 야구장을 드나들었다.

삿포로에 온 지 일 년이 다 되도록 야구장에 갈 일은 없었다. 여름이 끝나가고 있었지만 남편이 좀 무료해 보였다. 즐겁게 가을을 맞으라고 남편을 위해 삿포로 돔을 찾았다. 이대호 선수가 활약하고 있는 후쿠오카의 소프트뱅크 호크스와 홋카이도의 니폰햄 파이터스가 시즌 마지막 경기를 하는 날이었다. 지하철 출구를 나서자 비행접시처럼 생긴 돔 경기장이 붉은 노을을 반사하고 있었다. 삿포로 돔의 변신 기술은 실로 놀랍다. 손만 까딱, 하면 축구장이 야구장으로 변한다. 공기부상 방식으로 거대한 천연 축구장을 7.5cm 들어올린 다음 34개 바퀴로 1분당 4m씩 밖으로 이동시키면 이윽고 실내는 마술처럼 야구장으로 변신한다. 바깥으로

富士メガネ
Gas One
いち

옮겨진 천연 잔디 축구장은 직원들에게 세심한 관리를 받는다. 최고급 스파에서
마사지를 받듯 축구장이 관리를 받는 동안 안에서는 프로야구가 열린다.
그뿐 아니다. 삿포로 돔은 콘서트장과 레이싱 경기장으로 변신하기도 하고
심지어 겨울엔 노르딕 스키장이 되기도 한다.
경기장에 들어서서 본 야구장은, 해외 스포츠 토픽에 나오던 모습 그대로였다.
초록색 인조 잔디가 오각형 모양으로 깔려 있었다. 이곳이 다른 용도로 어떻게
변하는지, 한 눈에는 상상이 되지 않았다. 불현듯 어느 여름날의 잠실 구장이 떠올랐다. 홈팀이 앉는 1루보다 해가 늦게 지는 3루 쪽에 앉아야 하는 원정 팀 응원석은
단체로 구워지고 있었다. 자리가 뜨겁게 달궈질수록 사람들은 타오르듯 소리지르고
노래를 했다. 그날 나는 더위를 먹고 때아닌 여름 감기로 며칠을 고생했다.

시즌 막바지라 그랬을까? 삿포로 돔은 발 디딜 틈이 없었다. 야키소바와 닭튀김을
사기 위해 삼십 분 넘게 줄을 섰고, 화장실에서도 긴 줄을 섰다. 기념품 매장에선
사도 되는 것과 사지 말아야 할 것을 제대로 분간하지 못해 진을 뺐다. 그것들은
야구 기념품이라 하기엔 너무 귀여웠다. 마침내 이미 식어버린 야키소바와
닭튀김을 안주 삼아 생맥주를 막 마시기 시작할 무렵 경기가 시작됐다.
경기가 2회가 지났을 무렵, 이 야구장엔 무언가가 빠지지 않았나, 하는 생각이
들었다. 주변을 둘러보았다. 연간 회원권 목걸이를 건 중년들이 응원석 절반 이상을
차지하고 있었다. 일본에 살며 여러 부류의 젊은 '오타쿠'를 보았지만, 유독 야구
오타쿠는 단연 중년이었다. 원정 경기를 위해 비행기 표를 끊고, 동계 훈련 때는

오키나와까지 날아가는 열혈 중의 열혈이었다. 사람들은 자기 팀의 공격 순서가 되면 북을 치고 트럼펫을 불며 한 목소리로 응원가를 불렀다. '멀리 날려라' 라든가, '나가서 싸우자' 같은 단정한 응원가는 내게 자장가처럼 들려왔다. 뭔가가 부족했다. 나는 650엔이나 하는 맥주를 세상에서 가장 맛없게 마시며 졸고 있었다. 구수한 욕설이나 짭짜름한 오징어 냄새, 휘날리는 신문지와 두루마리 휴지, 머리에 뒤집어쓸 비닐봉지 같은 건 없었다. 전화 한 통이면 관중석까지 배달해주는 족발이나 매운 떡볶이가 먹고 싶어졌고, 같은 팀이라는 이유만으로도 용서되는 시큼한 땀 냄새가 그리워졌다. 홋카이도 니폰햄이 이기고 있었고, 이대호 선수가 상대편 4번 타자로 뛰고 있었음에도, 우린 7회가 끝나기도 전에 경기장을 나왔다. 온몸이 뻐근하고 피로가 몰려왔다. 일찌감치 삿포로 돔을 나서며 다시 궁금해졌다. 중년의 오타쿠여, 당신들은 왜, 야구를 좋아하는가?
혹자는 야구를 인생에 비유한다. 그 심오한 말에 깊은 동의를 하지는 않는다. 나에게 야구는 이것은 공이요, 저것은 배트며, 글러브는 공을 잡는 도구라는 것 정도다. 그래도 야구장에선 응원가를 따라 부르고, 포물선을 그리는 하얀 공에 함성을 지른다. 이기든 지든 무언가를 시원하게 날려보낸 기분이 든다. 벌컥벌컥 맥주를 들이켜는 사이 선수는 공을 치고 운동장을 달린다. 한 바퀴를 다 돌기 위해 혼자만 뛸 수는 없다. 예측할 수 없는 공의 움직임과 철벽 같은 수비를 뚫어야 한다. 전설의 타자일지라도 삼진을 당하면 풀이 죽어 덕아웃으로 향하고, 무명 선수가 홈런 한 방으로 역전 신화를 일구기도 한다. 그리고 마침내 홈으로 들어왔을 때, 그것은 다시 원점이다. 우리는 그렇게 매일 다시 시작한다.

お喋り 18

오비히로, 가을, 그곳으로 가고 싶다

사방이 홍차처럼 붉게
물들어 간다

무작정 '홋카이도에서 살아 보자'는 말과 실제로 '살아보는' 행위는 많은 게 달랐다. 여행이라면 낯설고 서툰 것도 즐거웠지만, 일상에서는 서러움투성이였다. 유배자처럼 북쪽 섬에 덩그러니 놓인 기분이었다. 나무가 잎을 떨구듯 많은 걸 내려놓아야 했다.

그 여름이 끝난다. 너와 나는 가을로 진입해야 한다.
…… 시간이 데칼코마니처럼 뭉개진다. 문득, 소리가 사라진다.
세상 모든 구멍에 코르크 마개가 끼워진 것 같다. 익숙한 단어를
낯선 사전에서 찾아보고 새삼스러워하듯, 시간이 팔락팔락 얇은
책장 사이로 펼쳐진다.
– 이신조, 「음악을 듣거나 책을 읽거나 너를 기억하기 위해 필요한 고독」 중에서

뺨에 닿는 바람이 금세 볼을 빨갛게 물들였다. 나뭇잎들은 어깨에 힘을 빼고
자꾸 붉어졌다. 홋카이도에서 맞는 두 번째 가을. 찬바람은 악보의 전조轉調처럼
갑자기 불어왔다. 계절의 음표들이 단조로 바뀌었다. 온도계의 숫자와 일출과
일몰 시각이 급히 방향을 틀었다. 낙엽을 쓰는 빗자루 소리가 아침 거리를
배회하기 시작했다.
가을이 오자 너른 들판이 떠올랐다. 기름지고 푹신한 흙을 갈망했다. 햇것을
생각하면 입안에 침이 고였다. 속이 꽉 찬 곡식과 싱싱한 과일, 살이 통통한 뿌리
채소를 생각했다. 소쿠리 가득 가을의 알맹이를 담고 싶었다.
가을엔 들판으로 가야 한다. 오비히로, 나는 자꾸만 그곳으로 가고 싶어졌다.
훌쩍, 기차를 탔다. 다섯 량짜리 열차가 붉은 숲을 뚫고 달렸다. 스쳐 가는 풍경이
아쉬워 자꾸 뒤를 돌아봤다. 얼마 전까지 눈이 시릴 정도로 푸르던 곳이었다. 숲은
내 시선을 짐짓 외면했다. 나무는 잎을 떨구는 일을 운명이라는 듯, 조금의 미련도
없이 제 몸을 잘라냈다. 기차가 최고 속도를 낼 무렵 해가 지기 시작했다. 하늘은

가을엔 들판으로 가야 한다. 오비히로, 나는 자꾸만 그곳으로 가고 싶어졌다.
훌쩍, 기차를 탔다. 다섯 량짜리 열차가 붉은 숲을 뚫고 달렸다.
하늘은 홍차 티백이 담긴 뜨거운 물처럼 물들어 갔다.

홍차 티백이 담긴 뜨거운 물처럼 물들어 갔다. 더는 색을 낼 수 없을 정도로 사방이 붉어졌다. 어둠은 단풍이 드는 속도만큼 일찍 찾아오고 있었다. 끝이 보이지 않는 들판에 땅거미가 졌다. 창 밖이 잘 보이도록 눈 위로 두 손을 둥글게 말아 형광등 빛을 가렸다. 어둠을 순순히 받아들이는 가을 들판에게 작별 인사를 했다. 나무에 헐겁게 꿰어진 잎사귀들이 내 머리칼을 쓸어 넘겼다.

녹색 언덕이라는 이름을 가진 미도리가오카緑ヶ丘 공원을 걸었다. 하늘은 높았고, 풀과 나무는 낮게 수런거렸다. 물빛 반짝이는 호숫가에선 오리들이 고개를 파묻고 낮잠을 잤다. 드넓게 펼쳐진 잔디밭엔 아주 가끔 몇 명의 사람들이 왔다 갔다. 빛과 고요가 어우러지며 가을의 평온을 빚어내고 있었다. 시간은 호숫물처럼 천천히, 빛을 내며 흘렀다. 우리는 북쪽 마을의 커다란 공원을 산책하는 것으로 올해의 가을에 밑줄을 그었다. 나를 스쳐간 지난 계절의 모든 것들을 하나하나 기억하고 싶었다.
작년 이맘때가 떠올랐다. 무작정 '홋카이도에서 살아 보자'는 말과 실제로 '살아보는' 행위는 많은 게 달랐다. 여행이라면 낯설고 서툰 것도 즐거웠지만, 끝없는 일상에서는 모든 게 서러웠다. 아무런 연고도, 툭 터놓고 말할 사람도 없었다. 북쪽 섬에 유배자처럼 덩그러니 놓인 기분이었다. 가을이 끝날 무렵에야 나는 안정을 찾기 시작했다. 당장 안 되는 것은 내려놓고, 실패로 돌아온 일은 다음을 기약하면 된다는 생각이 문득 찾아왔을 무렵이었다. 지금은 그때의 불투명함과 조바심이 생경하기까지 하다. 다시 가을을 맞이하고 보니, 외려

홋카이도를 다 가진 기분이 든다.

오비히로에서의 둘째 날은 구름 한 점 없이 맑았다. 이번엔 마나베정원真鍋庭園을 거닐었다. 모든 소리와 감각은 태양을 통해 느껴졌다. 나무 그림자가 발걸음에 채였다. 듬직한 버드나무에 낸 경사진 계단을 따라 올라갔다. 오두막이 나무 둥치 사이에 꼭 맞게 세워져 있었다. 그곳에 가만히 앉아 햇빛이 갓 구워낸 시간을 느꼈다. 자작자작 나무가 흔들리는 소리와 멀리서 아이들이 뛰노는 소리가 귓가에서 따뜻하게 서성였다. 정원에 딸린 야외 카페에 앉아 게으름을 피우기도 했다.
정오를 알리는 오르간 벨 소리가 울렸다. 다람쥐가 아작아작 도토리 껍질을 씹어 먹고, 딱따구리는 나무 몸통을 잰 몸놀림으로 두드렸다. 컵 받침과 커피잔이 맞부딪히는 소리에 녀석들이 높이 달아났다. 정원의 빈 의자에 햇살이 떨어지고 있었다. 그리운 이들이 다녀간 기분이 들었다.
걸었고, 가끔은 천천히 달렸다. 들판의 기름진 흙 속에 내가 낸 발자국들이 선명했다. 바람이 그새 차가워졌다. 옷깃을 여미고 뒤를 돌아보았다. 내가 새긴 발자국들이 따라온 곳은 종래는 나였다.
여정의 마지막 날, 한껏 타올랐던 단풍이 가을비에 반쯤 졌다. 영원을 소망하는 계절이었다. 언제까지나 비단처럼 물든 색색 빛깔을 보며 살고 싶었다.
그러나 영원을 실패하는 계절이었다. 나무가 잎과 열매를 떨구듯 내려놓아야 했다. 10월, 홋카이도 산간엔 첫눈이 내렸다.

온몸에 스미는 새하얀 설국

두 번째 겨울,
그리고 섬 살이의 끝

お喋り
19

오색으로 빛나는 온네토 호수

삶에 대한
뭉근한 미열

간혹 미래에 대한 불안감이 도둑처럼 불쑥 찾아왔다. 생활 여행자의
비일상적인 삶은 의외로 감정 기복이 심하다. 하지만 어쩌겠는가?
휘몰아치는 바람 속에서 나를 구해줄 사람은 결국 나뿐인 것을.

이 고백은 새삼스럽다. 마냥 여유롭고 한량처럼 보이는 홋카이도 생활 같지만 사실 그렇지 않을 때도 종종 있다. 적을 두고 있는 곳에서 멀리 떨어져있다는 건, 많은 게 결정되지 않았다는 뜻이기도 하다. 물결이 잔잔한 바다처럼 평온하게 지내고 있다가도, 미래에 대한 불안감이 도둑처럼 불쑥 찾아왔다. 생활 여행자의 비일상적인 삶은 의외로 감정의 기복이 심하다. 문득 불어오는 바람에 기분이 살랑거리기도 하고, 그러다가 날씨가 며칠 흐리기라도 하면 걷잡을 수 없이 나락으로 떨어지기도 한다. 하지만 어쩌겠는가? 휘몰아치는 바람 속에서 나를 구해줄 사람은 결국 나뿐이다.

그럴 땐 자꾸 떠나고 싶다. 여행은 미욱한 나를 타이르고 감정의 모서리를 다듬는 나름의 방법이다. 이번엔 멀리, 다음엔 조금 더 멀리 갈 궁리를 한다. 새로운 것을 경험하고 싶다는 욕구가 문득문득 올라온다. 아, 이 심리적 배고픔은 나를 또 떠나게 한다. 보고 걷고 먹고 생각하고 감각하며 영혼의 허기를 채운다. 그렇게 여행지에 나를 방임해 놓으면 천천히 변화해온 내 모습이 보인다. 그리고 어느 순간, 나를, 나의 미래를 긍정하게 된다. 이것이 내가 생각하는 여행의 효용이다.

홋카이도에 온 지 어느덧 일 년이다. 두 번째로 11월을 맞았지만, 나는 여전히 갈피를 잡지 못하는 생활 여행자로 살고 있다. 내 생에서 가장 길고 적막한 겨울을 예감했다. 쌓이는 눈이 허리춤을 넘어서기 전에 단출하게 여행 가방을 쌌다.

이번엔 닥치는 대로 물음을 쓸어 담기로 했다. 오래도록 생각할 것들을 모으기 시작했다. 이곳의 겨울은 생각하기에 딱 좋은 계절이다. 눈이 쌓이고 도로가 얼고, 그것들이 역순으로 녹아 새싹이 멀끔하게 드러날 때까지는 반년 정도 걸린다.

40

여행지에 나를 방임해 놓으면 천천히 변화해온 내 모습이 보인다.
그리고 어느 순간, 나를, 나의 미래를 긍정하게 된다.
이것이 내가 생각하는 여행의 효용이다.

웅크리고 지내기엔 꽤 긴 시간이다. 물음표와 아리송한 문장들을 쌓아 두기 시작하자, 동면에 들기 위해 양껏 먹는 산짐승처럼 마음이 든든했다.

겨울 여행의 행선지는 동쪽 멀리 있는 호수였다. 최고 제한 속도를 슬쩍 넘긴 채 네 시간을 달렸다. '온네토'オンネトー의 물결은 단지 속에 담긴 꿀처럼 느리게, 그러나 분명히 유영하고 있었다. 만지면 끈적한 점액이 묻어나올 듯 깊고 진했다. 기후나 빛의 각도에 따라 색이 계속 바뀐다고 해서 '오색습지'라는 별명이 붙어 있었다. 유황 성분이 섞여있어 물고기는 살지 않았다. 물은 에메랄드 빛을 뽐내다가 어느 순간 검푸른 색으로 돌변하기도 했다. 수면 위로 땅 위의 것들이 반사됐다. 봉우리에서 흘러나온 화산의 흰 연기는 두꺼운 구름장 사이로 사라졌다.
그곳에서 물음 꾸러미들을 꺼내보지는 않았다. 내가 가져온 물음표들은 하나같이 데데했지만, 그 속에선 앞으로의 삶에 대한 미열이 느껴졌다. 오래도록 꺼지지 않을 뭉근한 열기여서 다행스러웠다. 나는 온네토의 빛깔이 정말 다섯 가지인지 여러 번 세어 보았다. 그리고 근처의 전망대 두 군데에 올라 두 개의 호수와 두 개의 산 봉우리를 더 보았다. 사방을 둘러싼 산이 분명 어떤 기운들을 호수에 가두고 있었다. 어지러운 듯 하면서 머리가 맑아지는, 한번도 경험하지 못한 묘한 기분을 느꼈다. 1초 동안 50만 개가 사멸하는 동시에 생성된다는 세포들이 어느 때보다 활발하게 움직였다. 세포는 핏줄과 살, 근육을 가리지 않고 온몸을 떠돌고 있었다.

홋카이도의 중부가 한적한 전원 풍경이라면, 동부는 야생과 원시림이다. 가로등 하나 없는 밤의 도로에서 달과 별 말고 빛나는 걸 보았는데, 그건 산짐승의 푸른 눈동자였다. 늦은 오후에는 사슴이나 여우도 나타났다. 비교적 인간과 친숙한 편인 여우는 이차선 도로 한 가운데에서 먹이를 찾고 있었다. 나는 던져줄 것이 없었다. 사실 야생 동물에게 먹이 주는 행위는 하지 말라는 캠페인을 많이 한다. 스스로 야생에서 살아가는 법을 잃지 않아야 정상적으로 살 수 있기 때문이다. 녀석은 도로의 경계를 넘어 다시 숲으로 들어갔다. '세상 모든 경계선은 느긋함과 조바심, 바라보기와 받아들임 같은 것들의 언저리를 맴도는구나.' 여우가 미련 없이 사라진 텅 빈 도로를 뒤돌아 보며 이런 식의 생각을 했다. 그러고 나서 떴다가 지는 해에 대해서, 언젠가는 헤어짐으로 뒤바뀔 끝없는 만남에 대해서, 밤낮없이 일렁이는 세포들에 대해서 생각하고 싶어졌다. 그것들이 건네는 말을 써내려 가는 겨울을 가지고 싶어졌다.
온네토 호수에 다녀온 뒤에도 심지를 약하게 하는 일이 (모두에게처럼) 몇 가지 일어났다. 하지만 그걸 바라보는 나는 어쩐지 조금 달라져 있었다. 가슴 한구석에 타인의 것이 아닌, 온전한 나만의 욕망이 온기를 내고 있는 게 분명하게 느껴졌다. 아주 오랫동안 살아온 오색 호수가 건넨 한 장면이, 세계의 먼지 같은 존재인 나에게도, 아름다운 욕망이 있다고 말해주었다. 가슴이 우둔우둔해졌다.
잘 보이지 않는 앞날이라도 나는 그곳을 향해 걷기로 했다.

お喋り 20

오타루, 누군가의 전생 같은 도시

춘천과 러브레터를 떠올리게 하는 곳

까닭도 연고도 없이 가고 싶은 곳, 그래서 가기만 하면 되는 곳.
오타루를 다시 찾게 된 건 마음에 차가운 눈이 내린 까닭이었다.
잘 지냈나요? 나는 잘 있었어요.

가슴 한구석에 비가 들이치는 날이면 춘천을 떠올린다. 나에게 춘천의 첫인상은 낡은 시외버스 터미널이다. 지금은 전철이 생기고 서울까지 출퇴근도 가능한 곳이 됐지만, 몇 년 전까지만 해도 거리가 꽤 됐다. 이 호반의 도시를 좋아하게 된 건 언제부터였을까. 아마도 처음, 춘천 터미널에 내렸던 순간이었던 것 같다. 나는 혼자였고, 당일치기로 여행을 했다. 그곳에서 마신 첫 숨은 서울의 것보다 차가웠고 달았다. 춘천에 가면 빠뜨리지 않고 소양강 댐을 찾았다. 굽이진 길을 넘는 버스 뒷자리에 앉아 종점까지 가노라면 왠지 모를 아득함이 차올랐다. 배를 타고 오봉산에 들어가 청평사를 거닐기도 했다. 법당 앞 풍경소리에 기대어 태극 문양이 새겨진 소맷돌을 만지작거리다 배 시간에 맞춰 내려왔다. 이렇지도 않고 저렇지도 않은 한적한 골목길을 거니는 것도 춘천에서의 일정 중 하나였다. 공지천에서는 자전거를 탔다. 사방으로 퍼지는 안개 낀 풍경이 앨범 속 빛바랜 사진 같았다. 숯불에 구운 닭갈비와 거친 면발의 메밀 막국수는 당연하지만 특별한 식사였다. 명동 중앙시장에서는 주전부리를 샀고, 그걸 들고 돌아오는 버스에 올라탔다. 바스락대는 검은 봉지를 끌어안고 깜빡 졸다 깨면 다시 아침에 떠나왔던 서울이었다. 하루가 단꿈 같았다. 가슴 한쪽에 쏟아지던 비도 어느새 그쳐 있었다.

흐리게 지워지는 풍경 너머 어디쯤
지난 날 그대에게 엽서를 보내던 우체국이 매몰되어 있을까
결국 춘천에서는 방황만이 진실한 사랑의 고백이다

안개 같은 입김 사이로 사라지는 열차를 오래 바라보았다. 어딘가에서 울려오는 항구의 기적소리, 갈매기 날갯짓이 휘젓고 간 구름 낀 하늘, 백 년의 기억을 품은 오래된 건물들에게 다시 인사했다.

– 이외수 「안개 중독자」 일부

홋카이도에도 나에게 춘천 같은 곳이 있다. 항구 도시 오타루小樽다. 홋카이도의 개척을 이끈 부두와 탄광, 무역 등으로 번성했던 한때의 영광을 간직한 곳이다. 많은 이들이 오타루를 이렇게 칭송했다. '눈 내리는 항구, 로맨틱한 운하의 도시, 오르골과 유리공예가 빛나는 골목길…….' 그런 기대를 안고 처음 오타루를 찾았을 때 무척 실망했다. 운하는 한 블록 정도밖에 안 되게 짧았고, 어딘가에서 하수구 냄새도 올라왔다. 거리는 관광버스에서 쏟아진 여행객들로 정돈되지 않았으며, 값비싼 스시 가게의 호객행위에 눈살이 찌푸려졌다. 유리공예와 오르골은 이 도시가 살아남을 수 있는 유일한 생존 수단처럼 보였다. 버리긴 아깝고 걸어두기에도 어중간한 풍경화 한 폭을 들여다 보는 기분이었다. 다시 가고 싶은 곳은 아니었다.

그렇게 한동안 잊고 있던 오타루를 다시 찾은 건, 며칠째 눈이 그치지 않던 어느 날이었다. 종일 흐렸고 마음이 허했다. 잠이 오지 않아 자꾸만 베란다로 나가보았다. 그때마다 나는 입을 살짝 벌려 혀끝에서 사라지는 눈송이를 느꼈다. 군더더기 없으면서도 가슴 벅차 오르는 영화가 한 편보고 싶어졌다. 오래 전 서울 극장 맨 뒷자리에서 눈물을 훔치던 교복 차림의 어린 나를 떠올렸다. 십 여 년이 지나도록 헤어나오지 못하는 영화, 『러브레터』다. 이 영화는 '먹먹함 애호가'인 내게 가장 긴 여운을 남겨준 작품이다. 고운 눈과 바람에 흔들리는 레이스 커튼 자락이 희고 뽀얗게 스크린을 채웠다. 작았던 내 두 손은 심장 가까운 곳에 모아져

있었다. 한창 첫사랑을 기다리던 여중생 시절 이야기지만, 그때의 심장은 아직도 박동하고 있다. 잃어버린 시간 속에서 되살아난 수줍은 사랑 이야기는 어른이 된 뒤에도 목울대를 뜨겁게 달구곤 한다.

그런데 이 영화의 배경이 오타루라는 사실을 안 건 어처구니없게도 몇 달 전이었다. 그토록 좋아하는 작품이라면서 촬영지가 어딘지도 몰랐다니……. 억울하고 한심한 심정까지 들었다. 어쨌든 지금 홋카이도에 살고 있으니, 엄청난 운명이라는 생각에 심장이 순박하게 두근댔다. 나는 실망스러웠던 첫인상을 모두 잊은 채 오타루행 기차에 올라탔다. 경춘고속도로 변의 숲과 소양강 댐을 오르는 산길, 공지천의 안개 낀 풍경을 볼 때처럼 아득한 기분까지 들었다. 출근하는 사람들을 중간 역에 내려놓고 나니 승객은 몇 명 남지 않았다. 한숨 돌린 열차는 이시카리石狩 해안으로 향했다. 구름 사이에 잠시 얼굴을 내민 햇살이 기차를 내려다 보았다. 검은 바위섬과 몽돌 해변이 나타났다.

"바다다!"

나는 김 서린 창문에 볼을 맞대고 지난밤 눈을 담았던 입을 작게 벌려 소리 냈다. 오타루는 열차의 종착역이었다. 플랫폼에 발을 딛자마자 깊게 숨을 들이마셨다. 안개 같은 입김 사이로 사라지는 열차를 오래 바라보았다. 어딘가에서 울려오는 항구의 기적소리, 갈매기 날갯짓이 휘젓고 간 구름 낀 하늘, 백 년의 기억을 품은 오래된 건물들에게 다시 인사했다.

오겡끼데스까? お元気ですか。…… 잘 지냈나요?

와타시와겡끼데스 私は元気です。…… 나는 잘 있었어요.

곧장 영화의 첫 장면이었던 텐구 산天狗山으로 갔다. 여자 주인공이 버티지 못할 만큼 숨을 참아 보았던 곳이다. 잃어버린 시간 속의 첫사랑을 추억했던 눈밭이다.
낡은 전망대에서 내려다본 오타루 시가지와 바닷가가 마치 지구의 가장자리처럼 느껴졌다. 눈보라가 뿌옇게 시야를 가리는 풍경 속에 있으니, 누군가의 전생을 엿보고 있는 듯한 묘한 기분도 들었다. 영화 속 남자 주인공은 일찍이 세상을 떠났으니 실로 그러하기도 했다. 내가 거니는 지금의 생생한 삶도 누군가에겐 이미 전생인 것이다.
한 시인이 그랬다. 까닭도 연고도 없이 가고 싶은 곳, 그래서 가기만 하면 되는 곳이 춘천이라고. 삿포로에 살고 있는 나에겐 오타루가 그런 곳이 되었다. 열차의 오른쪽 자리에 앉아 바다가 부서지는 창가에 볼을 비볐고, 삿포로보다 추운 날씨에 어깨를 더 움츠렸다. 적당한 관심을 가지고 아기자기한 공예품을 구경하기도, 운하에 들어차는 가로등 불빛을 우두커니 바라보기도 했다. 동행을 두었을 때에는 후미진 골목의 식당에서 스시와 텐푸라 정식을 시켰고, 혼자였던 날에는 어묵 튀김을 사먹었다. 어떤 날엔 오타루 맥주에 취해 오르골 소리를 들으러 가야 한다고 우겨대기도 했다. 돌아올 땐 '르타오'LeTao에 들르는 걸 잊지 않았다. 거기서 산 치즈 케이크는 무척 부드러워서 혹여 녹아 내리진 않을까 걱정이 됐다. 그러니까 오타루는, 사실은 별 거 없는 그런 작은 동네다. 나는 매번 비슷한 감정 소모를 하며, 비슷한 피로감을 느끼고 돌아오곤 한다. 여전히 먹먹함을 좋아하는 내

심장은 오타루가 마음을 여미어준다고 내게 말한다.
영화 속 소년은 전학을 가기 전까지 소녀에게 차마 고백을 하지 못한다. 소년은 『잃어버린 시간을 찾아서』라는 책을 대신 반납해달라며 소녀의 집을 찾는다. 오타루 역에서 네 정거장 떨어진 '제니바코'銭函라는 작은 마을이다. 그런데 그 집이 얼마 전 불에 타 사라졌다고 한다. 그 소식을 듣고 뭐라 말할 수 없는 안타까움에 사로잡히기도 했다. 영화 〈러브레터〉에서 흐르는 음악은 오타루와 무척 잘 어울린다. OST를 들을 때면, 마음 속 어디선가 눈이 내려 내 속에 소복이 쌓인다. 특히 1번 트랙 'His Smile'의 낮게 깔리는 도입부와 11번 곡 'A Winter Story'에서 바이올린과 피아노의 연주가 절정으로 치닫는 그 부분이 나는 참 좋다.
정말로 누군가의 전생에 들어섰다 나온 기분이 든다.

토마무, 겨울의 말言

순수한
희망 여행

하얗다는 건 무슨 말일까? 그건 눈송이들이 하염없이 포개져 설원이 된다는 말.
같이 걷고 싶다는 싱거운 고백? 먹먹하기 짝이 없는 귓속의 메아리.
너의 침묵. 그럼에도 다시 응답을 기다리는 순수한 희망…….

'호시노리조트星野リゾート'는 이동할 때마다 셔틀버스를 타야 할 정도로 규모가 컸다. 삿포로 동쪽 유후츠군에 있는 토마무トマム는 곧 이 리조트를 뜻했고, 마치 동화 속 마을 같았다. 건물과 건물 사이를 셔틀 버스를 타고 이동해야 할 만큼 넓었다.
비수기 평일 요금은 꽤 저렴했다. 평년보다 눈이 늦어진 스키장은 예정보다 2주나 늦게, 그것도 초급 코스만 개장했다. 덕분에 사람이 적었고, 어차피 스키 실력은 형편없어 초급밖에 탈 수 없었다. 여행객보다 종업원 수가 더 많았다. 프런트에 가면 직원 서너 명이 한꺼번에 다가왔고, 셔틀은 전용 리무진이 되었다. 작은 해안가라 해도 될 정도의 실내 수영장은 우리만을 위해 파도를 만들어주었다. 물은 따뜻했다. 안전요원의 시선도 독차지했다. 기다란 노천탕에선 홀로 앉아 건너편의 전나무 군락과 독대하는 횡재도 누렸다.
발 끝에서 포로록 소리를 내는 눈의 감촉이 전분 가루 같이 고왔다.
만지작거리다 동그랗게 손으로 집어 들자 스르르 잘도 빠져나갔다. 이런 눈밭에 넘어지면 아프지도 않았다. 폭신한 구름장에 굴러 떨어지는 기분이었다. 초급이라 해도 슬로프는 산 정상에서부터 시작해 족히 삼십 분은 걸리는 긴 코스였다.
나는 자꾸만 풍덩 풍덩 눈 속으로 파묻혔고, 그때마다 입김을 뿜으며 웃어 젖혔다. 불면 날아갈 듯 미세한 알갱이는 은빛처럼 빛나는 '샴페인 파우더 스노'였다.

저녁 4시가 되면 부리나케 어둠이 달려들었다. 심심하진 않았다. '아이스 빌리지', '물의 교회', '레스토랑 Hal' 등 보고, 맛보고, 즐길 것이 한가득이었다. 리조트는 가족 유원지로서의 기능을 충실히 해내고 있었다. 겨울 마을 속에 들어선 사람들은 다들 광신도처럼 하얀 것만 좇아다니고 있었다. 끝 모를 나무숲에 둘러싸이면 절로 탄성이 나왔다.

토마무산山에서의 시간은 눈 속에서의 고립이었다. 그렇다고 고독과 가깝진 않았다. 다만 새하얀 배경이 광활했던 탓인지, 사물이 넓게 보이고 소리가 크게 들렸다. 고요 속에 서면 몸의 감각이 낯설게 느껴졌다. 건드리면 부서질 것 같은 눈꽃 나무, 불길처럼 타오르는 저녁놀, 온통 하얗게 매몰되는 하늘 아래의 것들……. 어둠이 밀려오면 침엽수로 가득 찬 숲은 더욱 짙어졌다. 키가 큰 전나무 군락에 둘러싸인 레스토랑 '니니누푸리'로 가는 길은 유리로 된 벽면을 따라 난 복도였다. 숲이 깊어질수록 동물들의 한줌 작은 발자국들이 눈에 띄었다.

그들의 무게만큼 패인 흔적들이 새로운 눈으로 뒤덮이는 것을 목격하는 것은 어쩐지 비현실적이었다.

꿈결 같은 이 풍경을 언제 다시 스쳐갈지 예측할 수 없었다. 그럴 때면 알맞은 단어를 찾아 기록을 남기려는 습성이 여지없이 발동했다. 단어를 찾으려고 이리저리 머리 속을 기웃거렸다. 알 듯 모를 듯 한 말들이 발자국을 내고 지나갔다. 하얗다는 건 무슨 말일까? 그건 눈송이들이 하염없이 포개져 설원이 된다는 말. 아니, 하얗게 부서지며 어디선가 바다가 울고 있다는 증거. 같이 걷고 싶다는 싱거운 고백? 먹먹하기 짝이 없는 귓속의 메아리. 너의 침묵. 그럼에도 다시 응답을 기다리는 순수한 희망……. 그렇다면 무언가에 '둘러싸여' 있다는 건? 그건 고요함의 소리를 듣는 찰나일지 모른다. 고요함에도 분명히 소리가 있다. 단단한

숲에 둘러싸이면 소리가 현미경으로 들여다본 것처럼 정밀하게 느껴졌다.
모두가 하얀 것을 동경하는 건 어쩌면 당연하다. 우리 안에 없는 것이므로. 일생을 통틀어 가장 순수하다고 할 수 있는 태어남의 순간조차 우리는 시뻘건 피를 뒤집어 쓴 채가 아니던가.

신의 입김이란 게 있다면 딱 이 정도 온도이지 않을까 싶을 만큼 차고 맑은 기운이었다. 그리고 그 신의 폐활량에 맞춰 내 속 낱말 카드도 조그맣게 흩날렸다. 어릴 적 처음으로 발음한 사물의 이름을 그려본다. 이것은 눈, 저것은 밤, 저쪽에 나무, 발 밑에 땅, 당신은 당신…… 귀가 닳고 사위어 어지러이 뒹구는 말들이었다.
– 김애란, 『두근 두근 내 인생』 중에서

때로 땅을 지키는 건 이름일지도 모른단 생각을 한다. 땅이 품은 그대로를 닮아 태어난 말言이 오래도록 그 땅을 그답게 하는 것이다. 토마무는 행정구역 상으로 유후츠군勇払郡 시무캇푸무라占冠村에 있다. '유후츠'는 홋카이도 원주민 아이누족의 '이푸츠'라에서 온 말로, '그것의 입구'라는 뜻이다. 어디로 들어가는 길목일까 궁금했지만, 특별히 전해져 오는 뜻은 없다고 한다. 다만 설국의 고요 속에서 그 땅을 닮은 말의 의미와 기운을 어렴풋하게 알아챘다. 지난했던 일은 잊어버리라며, 어디로든 갈 수 있는 백白의 평원이 눈앞에 펼쳐진다. '시무캇푸'는 '조용하고 평화로운 강의 상류이자, 위대한 벌판'이다. 토마무는 '유후츠'스럽고,

'시무캇푸' 같은 곳이었다. 하얀 눈을 맞아가며 제 땅을 하얗게 둘러싸는 말이 실현되는 게 아이누의 지명이었다.

토마무 역은 아담하고 한산했다. 터널을 빠져나온 기차가 플랫폼에 멈춰 섰다. 내가 토마무의 말들을 떠나오고 있는 게 느껴졌다. 언젠가의 여름이 오면, 구름이 바다처럼 흘러간다는 운해를 산정의 테라스에서 보고 싶어졌다.
여름을 담은 땅이 전해올 말은 어떤 것일까, 궁금했다.

5

お喋り 22

설국에서 겨울을 즐기는 방법

홋카이도 안심 여행

눈은, 아주 오랜 세월을 그래 왔듯이, 땅을 향해 각기 다른 선線을 그으며 떨어진다. 북국北國에서의 겨울 여행은 떠나는 것만큼이나 돌아오는 게 중요하다. 폭설이라도 내리면 당신은 이내 움직이는 눈사람이 될 것이다.

여전히 많은 눈이 내리고 있다. 홋카이도의 겨울은 날마다 새롭게 느껴진다. 이렇게 많은 눈을 곁에 두고 살아본 적이 없다. 눈이 쌓일수록 보이지 않을 뿐, 그 속에 갇힌 것들은 이미 봄의 생동을 준비하고 있으리라. 봄부터 가을까지 풍성하게 돋아나 마음을 달뜨게 하고, 몸 구석구석에 지문처럼 박힌 풍경과 사물이, 사람과 공간, 기억과 흔적이 아득하게 떠오른다. 그 모든 것은 눈 더미로 가득한 겨울에 갇혔지만, 여전히 내 안에 살아 꿋꿋이 시간을 견디고 있다.

눈길은 꼭 맞는 예쁜 신발 같다. 부드럽고 가볍게 두 발에 감긴다. 그 알싸한 기분이 좋아 겨울엔 평소보다 일찍 나와 걷는다. '포로록' 눈 밟는 소리를 들으려 아무도 지나가지 않은 고운 길을 고른다. 지긋이 눌린 발자국 위로 금세 다른 눈송이가 내려앉는다. 아주 오랜 세월을 그래왔듯이, 땅을 향해 각기 다른 선線을 그으며 떨어진다. 고개를 올려 허공을 바라만 봐도 좋다. 걷는 내내 마치 그리웠다는 듯 몸에 붙어 있는가 하면, 어떤 때는 눈발의 군단에 급히 휩쓸려 가기도 한다.

눈 속을 걸으면 생각만큼 춥지 않다. 오히려 포근한 기운이 차오른다. 햇빛이 달려들면 세상은 눈부시게 하얗다. 그래, 어찌 되었든 눈길은 오래 걸어도 피곤하지 않다. 발끝에서 만난 생동하는 겨울의 기운이 온몸으로 퍼진다. 아마도 겨울엔 사람의 마음이 난로인가 보다.

조금 웃긴 이야기로 들릴지 모르겠다. 북국北國에서의 겨울 여행은 돌아오는 게 중요하다. 집에서 나와 다시 발을 들여놓을 때까지 무사할 수 있다는 확신이 필요하다. 누군가 그렇게 이야기해줄 때 과장이라며 흘려들었다. 작든 크든,

中央図書館前
101

하얀 언덕 뒤로 숨은 풍경을 바라본다. 모두들 자신만의
방법으로 이 계절을 살고 있다. 겨울 나라의 일상은
하루하루가 한 해의 끝 같기도 하고 시작 같기도 하다.

'깨달음'이란 녀석을 얻으려면 때로는 직접 겪어야 한다.
그러니까 그날은 극한 체험을 했다. 한 발자국 내디딜 때마다 무사 귀환을 염원했다.
시내에서 집까지는 도보로 약 20분. 볼일을 마치고 건물 밖으로 나가려는데
창밖이 예사롭지 않았다. 문 앞에 잠시 서 있었을 뿐인데 온통 눈을 뒤집어썼다.
버스는 끊겼고, 택시를 타려 했으나 한 치 앞이 보이지 않아 잡을 수도 없었다.
조금 전까지 길이었던 곳이 눈밭이 되었고, 나는 이내 움직이는 눈사람이 되었다.
무릎까지 차오르는 눈 속을 헤치고 한 시간만에 겨우 집에 다다르자 온몸에 힘이
쭉 빠졌다.
머리카락과 눈썹에 얼음이 매달려 있었다. 따뜻한 물을 받아 욕조로 들어갔다.
긴장이 풀리자 불도 끄지 않은 채 깊은 잠에 들었다. 아, 소중한 월세방이여…….
그 후 나는 일기 예보를 얕보지 않게 되었다. '후부키'吹雪라는 단어를 기억해야 한
다. 눈보라를 뜻하는 말이다. 그 어떤 방한 장비도 소용없는 눈 벼락을 맞고
싶은 게 아니라면, 일단 실내에 있는 게 상책이다. 꼭 나가야 한다면 지하로
다니는 게 좋다. 후부키가 그치고 언제 그랬냐는 듯 화창해지면, 그땐 온 세상이
가장 어여쁠 때다. 모든 게 새하얗고 밝게 다시 태어나 있다. 진부하지만 진솔한
깨달음도 극한 체험의 덤으로 얻었다. 우리 인생도 폭풍이 몰아치고 나면
어여뻐지지 않을까, 뭐 그런.

홋카이도의 겨울엔 변수가 많다. 모든 건 날씨 때문이다. 열차가 기약 없이
취소되기도 한다. 눈길 운전은 사고에 조심해야 한다. 그래도 여행은 멈출 수 없다.

겨울에도 생각보다 많은 걸 즐길 수 있다. 다만 무사히 집으로 돌아올 수 있도록 최선을 다해야 한다. 요즘엔 당일치기로 교통과 놀 거리, 볼거리를 한꺼번에 해결할 수 있는 프로그램을 종종 애용한다. 크게 신경 쓸 것이 없으며, 느긋하게 창 밖을 바라보는 시간도 지루하지 않다. 열차나 버스의 김 서린 창가에 기대면 지나간 시간과 다가올 일에 대해 생각하는 게 어색하지 않다. 곳곳에 쌓인 하얀 언덕 뒤로 숨은 풍경을 바라본다. 볼이 빨개진 아이들은 눈 더미 속에서도 추운 줄 모르고 뛰논다. 어른들은 집 앞에 쌓인 눈을 쓸어 내느라 분주하다. 모두들 자신만의 방법으로 이 계절을 살고 있다. 겨울 나라의 일상은 하루하루가 한 해의 끝 같기도 하고 시작 같기도 하다.

お喋り
23

눈과 얼음으로 가득한 축제

삿포로 눈 축제와
오호츠크해를 건너온 유빙

오호츠크해를 건너온 러시아 발發 유빙을 만나러 갔다.
오호라, 신기하였다. 두께 1m가 넘는 유빙이 바다 위에 길을 만들어 주었다.
어떤 바다 얼음이든 내가 택하여 걸으면 물 위로 길이 열렸다.

세상에 얼마나 많은 길이 있을까. 무한대의 갈래 중에서, 유난히 정성스레 걷는 길이 있다. 한 걸음 내디딜 때마다 깊은 곳까지 말을 걸게 하는 곳, 주변의 모든 풍경이 마음을 파고들어 언젠가 틀림없이 무척 그리워할 것으로 가득한 공간, 꿈속에서 애타게 찾아 헤매다 잠에서 깨고야 말 거리. 삿포로에 그런 곳이 있다. 하나, 둘, 셋, 넷, 숫자를 세며 걷다 보면 열한 개의 길이 된다. 도시의 중심부를 동서로 가로지르는 오도리공원大通公園이다. 공원은 열한 개 블록에 걸쳐 이어져 있다. 폭 67m, 양쪽엔 번화한 건물과 나무가 늘어서 있다. 1871년에 화재 방지선으로 시작되었지만, 지금은 삿포로의 심장이 되었다. 어디를 가든 오도리를 거쳐야 한다. 그곳의 기억은, 심지어는 사소한 경험과 시시콜콜한 이야기까지 무척 소중한 추억이 됐다. 오도리역에서 집까지는 한 정거장 거리다. 종종 지하철을 타는 대신 공원을 가로지른다. 산책의 즐거움이 온몸에 퍼질 즈음 열한 개의 길이 끝난다. 공원은 날마다 축제다. 봄의 라일락 축제, 여름엔 비어 가든, 가을 요사코이일본의 민요 소란과 먹거리 축제, 그리고 마침내 긴 겨울의 정점을 찍는 2월이 되면 그 유명한 삿포로 눈 축제, 유키마츠리雪祭り가 열린다.

눈 축제가 열릴 때면 도시 전체가 이스트를 넣은 빵처럼 부풀어 오른다. 유키마츠리는 브라질의 리우카니발, 독일의 옥토버페스트와 함께 세계 3대 축제로 꼽힌다. 전 세계에서 날아온 관광객과 취재진이 공원을 빽빽하게 채운다. 축제는 한 달 전부터 시작된다. 군부대, 각국의 예술가, 자원봉사자 들이 힘을 합친다. 블록마다 거대한 조각상이 들어서고, 밤이 되면 프로젝션 맵핑으로 화려한 쇼가

Coloric

펼쳐진다. 조각상을 만들기 위해 무려 5톤 트럭 7천 대 분량의 눈이 동원된다. 추운 겨울을 보내는 삿포로 시민을 위로하는 축세라지만, 축제에 참여하는 사람은 관광객이 더 많다.
사람이 가장 적다는 축제 첫날 오도리 공원을 찾았다. 거대한 눈 조각상 앞에 서자 탄성을 내지르지 않을 재간이 없었다. 그 동안 보아온 뽀얀 밀가루 같은 눈송이가 저렇게 변할 수도 있구나 싶어 또 한번 감탄했다. 삿포로 시민들은 이런 축제를 70년 가까이 이어오고 있다. 공원 구석구석 돌아보고 스케이트까지 탔다.
그래 놓고 일본인 친구에게 '별거 없다'라고 문자를 보냈다. '너 삿포로 사람 다 됐구나.'하는 답이 돌아왔다. 뭐 대수롭지 않다고 쿨한 척 하고 싶었던 걸지도 모르겠다. 생각해보면 일종의 허세 같은 거였다.

눈 축제로 부풀어올랐던 2월 초의 주말, 삿포로를 떠난 열차는 다섯 시간 반을 달렸다. 선로의 끝엔 아바시리網走가 있었다. 오호츠크해를 건너온 유빙을 보고, 만지고, 걸을 수 있는 곳이다. 뼛속까지 시릴 정도로 추웠지만, 긴 여행길 떠나온 유빙을 맞는다는 것만으로도 마음속 열기는 수그러들지 않았다. 오래 기다려온 여행이기도 했다. 일본어 자격증 시험은 끝이 났고, 한창 같이 몰려다니던 어학원 친구들이 홋카이도를 떠날 때가 다가오던 참이었다. 한국, 타이완, 싱가포르 국적의 여섯 명은 일본어를 주로 썼지만 어설프기 짝이 없었다. 거기에 영어와 '드라마 한국어'를 섞어가며 놀다 보면 시간 가는 줄 몰랐다. 우린 스키장이며 이자카야를 돌아다니며 긴 겨울을 즐기고 있었다. 2월은 겨울의 마지막 고비이자, 새로운 시작을 위해 떠날 사람들이 많아지는 때였다. 모두가 흩어지기 전, 기억에 남을 여행으로 유빙을 찾아가기로 했다.
홋카이도엔 유빙을 볼 수 있는 세계에서 가장 저위도의 해역이 있다. 몇 해 전 무한도전 멤버들이 다녀간 뒤 이제는 우리나라에도 많이 알려졌다. 러시아 아무르 강 하구에서 형성된 유빙이 1,000km를 떠내려와 홋카이도 동쪽, 오호츠크 해안에 닿는다. 1월 말부터 3월까지가 바로 그때다. 지구온난화로 십여 년 뒤면 이 감격적인 풍경을 볼 수 없을지도 모른다고 한다. 인류는 몹쓸 욕망 때문에 너무 많은 것을 잃고 있다는 생각이 자꾸 머리를 친다.
우리는 유빙이 가장 많이 몰려오는 2월 초순을 골라 예약을 했다. 홋카이도 겨울의 정수이자, 우리의 마지막 여행이었다. 미세한 떨림을 느끼며 아바시리로 향했다.
가장 일반적인 유빙 관광이었지만, 결코 흔한 여행은 아니었다. 아바시리 항구에선 스크루로 얼음을 갈며 전진하는 쇄빙 유람선을 탔다. 유빙을 뚫고 가느라 배는 이리저리 기울었고, 쇄빙에 부서지는 얼음이 굵은 바리톤 소리를 냈다.
시레토코 반도에 솟은 설산은 바라만 보아도 눈이 뻥 뚫렸다.
쇄빙선 유람은 더없이 색다르고 특별했지만 마음 한구석에 남은 아쉬움을 떨쳐주지는 못했다. 우리는 결국 동쪽 위로 한 시간을 더 달려 시레토코知床 반도의 우토로ウトロ로 향했다. 이곳에선 유빙 위를 걷고 다이빙도 하는 유빙 워크 체험을 할 수 있다고 했다. 오호라, 신기하여라! 두께가 1m 가까이 되는 유빙이 바다 위에 길을 만들어 주었다. 어떤 유빙이든 내가 택하여 걸으면 바다 위에 길이 열렸다.
스마트폰의 GPS는 오호츠크해가 맞닿는 곳에서 깜빡이고 있었고,

나는 러시아 발發 얼음 위를 걷고 있었다.
전신 일체형 드라이 슈트도 껴입었다. 차림새는 민망했지만 포근하고 따뜻했다.
이야, 신난다. 우리는 일본어, 영어, 드라마 한국어로 온갖 감탄사를 만들어
러시아에서 흘러온 오호츠크의 얼음에게 내질렀다. 유빙은 몇 사람이 뛰어도
끄떡 없을 만큼 단단하고 두꺼웠다. 얼음 위를, 아니 바다 위를 얼마나 걷고
뛰었을까, 가이드가 엘리베이터가 있다며 우릴 불렀다. 두께가 한 뼘 정도 되는
얇은 유빙이 널따랗게 떠 있었고, 그 위에 살포시 올라서면 탑승 완료. 그렇게
유빙을 엘리베이터 삼아 몸을 바닷속으로 내려 보냈다. 고무로 된 드라이 슈트
덕에 어깨 위는 둥둥 떠 있었다. 온몸이 시리도록 아름다운 겨울 바다였다.

홋카이도 동쪽 끝에 길게 뻗어 나온 시레토코 반도는 2005년 유네스코 세계자연
유산에 등재되었다. 불곰과 부엉이 등 국제적 희소 종의 중요한 번식지이자
월동지다. 겨울이라 많은 곳을 들러볼 수는 없었지만, 폐쇄된 도로 너머로 감히
짐작하기 어려운 생태계가 있다는 것을 직감했다. 무언가 웅장한 기운이 맴돌았다.
후레페 폭포フレペの滝는 폐쇄되지 않은 길에 있어서 겨울에 갈 수 있는 몇 안 되는
곳 중 하나였다. 시레토코 자연센터에서 삼십 분 정도 걸리는 산책길 끝에 있었다.
불곰이 나타날 수 있으니 주의하라는 무시무시한 안내를 받았다. 반달형으로 굽은
낭떠러지 중간에서 지하수가 흘러나와 생긴 폭포였다. 가느다란 물줄기는 곧장
오호츠크 해로 떨어졌다. 눈보라를 뚫고 후레페 폭포 앞에 다다랐다. 다행히 불곰의
흔적은 보이지 않았다. 전망대에 다다르자 사슴 한 마리가 기다렸다는 듯 나타났다.

절벽 끄트머리에서 얼어붙은 풀을 뜯고 있었다.
홋카이도에선 여우나 사슴 같은 야생 동물과 종종 마주친다.
그때마다 녀석들의 눈이 동물원에서 본 그것과 확연히 다르다는 걸 느낀다.
혹독한 겨울의 자연 속에서도 견고하다. 무척이나 단단한 빛이 서려 있다.
사람에게서 멀어져 어디론가 길을 떠나는 뒷모습은 언제나 홀연하다. 푸른 빛으로
얼어붙은 물줄기가 녹을 때까지 사슴이 살아 있을 수 있을까? 과한 걱정이다.
녀석은 어떻게든 견뎌내 길을 찾을 것이다. 계절이 바뀌면 촉촉한 풀을 뜯으며
진중히 기다린 시간을 만끽할 것이다.
자연은 만날 때마다 새로운 얼굴을 하여 인간을 놀라게 한다. 익숙해질 법도 한
홋카이도의 자연이건만, 이번에도 어김없이 두근거렸다. 자신만 바라보는 미숙한
존재에게 있는 그대로의 모습으로 한 방 펀치를 날린다. 거기 있으면 있는 대로,
없으면 없는 대로, 흘러가면 흘러가는 대로다. 눈비가 몰아치면 다음 날은
맑아지기도 하는 것처럼. 그래, 그렇게 걸으면 된다.

홋카이도의 겨울은 축제다. 거대한 조각상도, 웅장한 자연도 모두 즐겁다.
나는 오늘도 이곳의 길을 꼼꼼히 걷는다. 들여다보고 그 속으로 스며든다. 겨울을
걷는 건, 꽤 괜찮은 일이다. 이 기억들이 예고 없이 나를 토닥인다. 미숙한
고민으로 잠들 수 없는 밤이 온다면, 견고하고 단단했던 눈동자를 떠올리고 싶다.

お喋り
24

나의 섬은 어떤가요

느리고 은밀한
리시리 섬 여행

망망대해 위의 작은 섬. 인류의 마지막이 된다면 이런 기분일까?
숲길을 걸으며 내가 섬을 많이 그리워했다고 느꼈다.
태어난 곳도 아니고, 살아본 적 없는 이 섬을 내가 많이 그리워했노라고.

한국에 와서도, 나는 잘 지내고 있다. 이사를 했고, 새롭게 하는 일도 생겼으며, 사람을 사귀었고, 그리웠던 것들과 조우했다. 그리고 여전하다. 동네 골목이며, 산, 들, 바다 가리지 않고 떠다니면 힘이 났다. 돌아온 지 여섯 달 남짓, 매일 습관처럼 홋카이도를 그리워했다. 밥을 먹거나 화장실 가는 일처럼 당연하게. 그러던 한여름 어느 날, 탁한 기분이 최고조에 달했다. 말끔하게 채로 걸러내고 싶었다.
집히는 대로 털어버릴 수 있는 곳에서 홀로 며칠만 보낼 수 있다면.
아, 그럼 거침없이 노를 저어 앞으로 나갈 수 있을 것 같았다. 한없이 은밀한 곳이 좋겠다 싶었다. 들고 나는 게 쉽지 않은 섬을 떠올렸다. 지도를 열었다. 홋카이도의 북서부 해안가를 벗어난 곳에 동그란 섬이 떠 있었다. 덜컥, 인천에서 삿포로로, 다시 삿포로에서 리시리 섬으로 가는 비행기 표를 끊었다. 나란 인간, 매사 이런 식이다. 기차나 버스보다 항공권은 취소하기 어려우니까. 사버리면 가야 하니까. 그런 범박한 핑계를 둘러대며 섬으로 가는 프로펠러 비행기에 올라탔다.

삿포로에 있는 오카다마丘珠 공항은 모양새가 시골 버스 터미널 같았다.
작은 매점이 있었고, 허허벌판에 소형 비행기 세 대가 열 맞춰 서 있었다.
프로펠러에 의지해 날아가는 비행은 여간 불안한 게 아니었지만, 비행은 한 시간도 안 되게 짧았다. 상공에서 본 섬은 지도에서처럼 정말 둥그랬다.
리시리는 해발고도 1,721m의 리시리 산利尻山이 중심을 지키고 있는, 원형에 가까운 화산섬이다. 원주민 아이누족의 말로 '높은 섬'이라는 뜻. 공항에서 팸플릿을 보고서야 안 사실이지만, 홋카이도의 유명 과자 브랜드인 '시로이코이비토'白い恋人의

포장지에 그려진 산이 바로 리시리 산이다. 일본 100대 명산에 속해 있으며, 후지산을 닮아 '리시리 후지'라고도 불린다. 공항에 도착해 섬을 떠날 때까지 리시리 산은 어디서든 보였고, 섬 안에서 볼 수 있는 유일하게 높은 것이기도 했다. 공항에 내려 렌터카 직원에게 인사를 건네자, '송 상'이냐며 아는 체를 해왔다. 함께 비행기를 타고 온 이들은 집이나 숙소로 흩어진 것 같았다. 장내는 이내 고요함에 휩싸였다. 차를 받으러 간 주차장은 들꽃과 풀만 가득했다. 그것들은 자라났다기보다 섬을 빈틈없이 꽉꽉 채우고 있다는 표현이 어울렸다. 렌터카 직원은 고산식물 꽃이 만발하는 7월에는 관광객으로 붐볐는데, 지금부터는 한산할 거라고 했다. 키를 넘겨받으니, 복작거리는 서울에서 일순간 한적한 섬마을로 공간 이동을 한 기분이 들었다. 혼자가 된 걸 가장 먼저 느낀 건 귀였다. 풀벌레 소리와 지속적인 바닷소리가 스며들며, 이곳이 얼마나 은밀한 곳인지 알려주고 있었다.

섬의 둘레는 63km 정도. 둥글게 순환하는 도로를 따라 관광 포인트를 돌아도 대여섯 시간이면 넉넉했다. 첫 번째 들른 곳은 '미르피스 상점'ミルピス商店이었다. 1937년부터 대를 이어 온, 리시리 섬에서만 먹을 수 있는 요구르트를 파는 가게다. 빛 바랜 벽지와 포스터가 붙은 가게 안에 들어가니 가정집에서 아주머니가 뛰어나왔나. 새벽에 만든 미르피스 요구르트를 유리병에 담아 주었는데, 부드럽고 달콤해서 속이 편해졌다. 아주머니는 섬으로 시집와서 시어머니에게 제조법을 전수받은 지 어언 40년이라 했다. 그녀의 얼굴에 섬사람 특유의 느긋함과 여유로움이 자리 잡고 있었다. 달콤한 요구르트를 마시고 나니, 오랜만에 혼자

サハリン(樺太)まで
東京まで
約 1045KM
礼文島まで
青森まで
小樽まで
約 222KM

하는 여행에 긴장했던 마음도 슬며시 풀어졌다.

해안 도로는 완만한 언덕을 따라 이어져 있었다. 고개를 넘을 때마다 나타나는 풍경은 뿜어내는 아름다움이 저마다 달라, 여러 번 차를 세웠다.

구름장이 도돌이표처럼 몰려들었고, 홀로 나선 나그네는 자전거 페달을 밟고 있었다. 길가에선 다시마가 햇빛을 받아 매끈하게 몸을 말리고 있었고, 짙은 파랑을 머금은 들꽃은 하염없이 넘어졌다가 억세게 일어섰다. 큰 욕심을 부리지 않는다면, 섬이 주는 은밀한 선물을 받아갈 수 있으리라는 믿음이 생겨났다. 해안가의 공원沓形岬海岸公園, 쿠츠가타카이간코우엔을 한 바퀴 돌고 나니, 도시에서 엉켜있던 부유물이 그새 정화됐다. 요구르트 아주머니가 건강에 좋은 물이 있다고 일러준 약수터에도 들렀다. 목을 축이고 나니, 건너 편 바다에 자그마한 다리가 눈에 들어왔다. 다리 건너 편에는 검은 바위섬이 있었고, 그 위에 붉은 사당北のいつくしま弁天宮, 키타노이츠쿠시마벤텐구이 있었다.

다리를 건너가며 나는 중얼중얼 소원을 말했다. 뭐라고 빌었는지는 기억나지 않는다. 뜨겁게 내리쬐는 햇볕과 빛나는 바다 물결만 기억 속에 선명하다.

고산식물로 둘러싸인 커다란 연못 두 군데オタトマリ沼 오타토마리누마, 姫沼 히메누마도 둘러보았다. 나는 종종 발걸음을 멈춰 귀를 열었고, 두 팔 벌려 리시리다운 것들을 받아들였다. 섬은 높게 솟은 산의 정기로 나를 품어주었다.

이곳을 다녀간 이 모두에게 그러했으리라.

섬사람들은 순박하고 다정해 곧잘 말을 걸어왔다.

그들은 하나같이 '언제 떠나는지'를 인사처럼 물었다. 헤어질 땐 저마다 가볼 만한 곳을 일러줬는데, 신기하게도 이 작은 섬에서 추천하는 곳이 모두 달랐다. 매일 누군가를 떠나 보내는 이들에겐 헤어짐이 익숙할 테다. 그들은 어쩌면 다녀간 이들이 남기고 간 말을 붙잡아두고 사는 걸까. 뭍 사람들이 놓고 간 은밀한 이야기가 너무나 많아, 섬은 바다 위 외로운 그 자리를 떠나지 못하는지도 모른다. 이토록 오랫동안.

섬 여행의 첫날은 낯설고 무섭다. 내가 곧 사라진대도 아무도 모를 것 같다. 둘째 날은 정반대다. 될 대로 돼라. 느긋해진다. 어디에 뭐가 있는지 섬 구석구석을 다 알아버린다. 여름 휴가철이 끝나지 않은 8월인데도 섬은 한가했다. 해안 도로에서 이십 분 정도를 비포장도로로 올라간 뒤 다시 십오 분을 걸어야 나오는 리시리산 전망대에서도 말 그대로, 나 혼자였다. 망망대해 위의 작은 섬, 깊은 산 속에 서 있는 이가 나 하나뿐이었다. 인류人類의 마지막이 된다면 이런 기분일까. 사실 무서울 건 없었다. 리시리에는 곰이나 뱀도 없다. 호텔 직원에게 섬에서 가장 무서운 동물이 뭐냐고 물었더니, 한참 뜸 들이다 "고양이?" 한다. 그건, 아무래도 귀엽다.
섬에서 하룻밤 지내고 나자 몸과 마음이 급격히 느려졌다. 하루의 시작으로 신사의 사당을 돌았고, 온천에 몸을 담갔다가 찬 맥주를 마시면 마무리됐다. 어디에도 인적은 드물었다. 미지근한 노천탕에 앉아 빼꼼히 고개를 내밀면, 미끌미끌한 몸 위로 수증기가 달려들었다. 검은 침엽수는 얼마나 바람에 시달렸는지 단단한 쇳덩이 같은 마찰음을 냈다. 나는 리시리를 찾는 여느 여행객보다 오래 섬에

머물렀고, 섬은 나에게 자꾸만 새로운 선물을 내어 주었다. 차를 반납하고 나니, 가장 빠른 건 자전거 바퀴를 굴리는 페달이었다. 그렇게 조금씩 섬과 발맞추었다. 이 섬에는 항구와 호텔이 몰려 있는 북동쪽 오시도마리鴛泊에서 서쪽 해안까지 약 25km의 자전거 전용 도로가 있다. 호텔에서 무료로 자전거를 대여해줘 아무 때나 페달을 굴리면 됐다. 자물쇠를 찾았더니 아무도 훔쳐가지 않아 필요 없단다. 자전거 도로는 숲 속을 달리다 들판으로 나갔고, 들판은 바다와 낮은 구릉으로 이어졌다. 가끔 저 멀리서 혼자 페달을 밟는 사람의 머리가 보이긴 했지만, 마주친 이는 없었다. 과연 누가 여기서 감히 시를 쓰고 노래를 할까. 바람과 꽃잎과 파도와 들판도 그저 조용히 지나갈 뿐이었다. 남는 건 언제나 섬뿐이다. 무언가를 잃어 상심한 사람들은 왜 홋카이도를 찾을까? 온건하지 않은 날것 그대로의 바람과 눈만 가득한 이곳을 말이다. 나는 홋카이도에 처음 왔을 때 가졌던 의문의 실마리를 리시리에서 어렴풋이 찾아냈다. 북쪽 섬에선 슬픔의 테두리 안에 더는 어떤 일도 갇히지 않는다.

페리 터미널 카페에서 맥주를 마시며 그리운 사람들에게 엽서를 썼다. 고동을 울린 배는 어느새 점처럼 작아졌다. 그 모습을 보니 한 잔 더 추가할 수밖에 없었다. 떠나는 사람을 바라보는 건 뭍에서 온 나에겐 익숙한 일이 아니었다. 8월 중순인데도, 리시리는 꽤 춥고 쌀쌀했다. 엽서를 보내고 산책을 나섰다. 오시도마리 중학교에서 수업 시작을 알리는 종소리가 아스라이 퍼졌다. 오르골 선율로 연주된 비틀스의 'Let it be'였다. 그때 바람에 머리칼을 흩날리는

섬 아이와 눈이 마주쳤다. 나는 숲으로 들어가기 직전이었고, 아이는 무리에서 조금 뒤처져 있었다. 꼬마 숙녀는 한 손으로는 흩날리는 긴 머리칼을 붙잡고, 다른 손으로는 휘청이는 민들레 줄기를 부여잡고 있었다. 우리는 살며시 입꼬리를 올린 채 서로의 눈을 바라보는 순간을 맞이했다. 작은 섬에 내려앉은 모든 빛이 아이의 두 눈에 들어차 반짝였다. 서로를 향한 눈인사는 느리고 자연스러웠다. 아이는 무리의 놀이로 끼어들었고, 나는 숲으로 들어갔다. 숲길을 걸으며 이 섬을 많이 그리워했다고 느꼈다. 태어난 곳도 아니고, 살아본 적 없는 리시리를, 내가 많이 그리워했노라고.

무엇이든 될 대로 되게 두는 섬사람의 마음을 마침내 훔쳐냈을 때쯤, 나는 리시리를 떠나고 있었다. 이 마음은 곧 어디론가 둥둥 떠다니다가 자오선을 지나기도 하겠지. 그러다 지구의 어딘가에 머무는 나를 다시 만나러 오겠지…… 배가 왓카나이稚内, 홋카이도 최북단 항구 도시 쪽으로 기수를 틀었다. 어느새 나의 섬이 된 리시리를 떠나오며, 생일 촛불을 끄는 기분을 느꼈다. 섬이 태어난 아주 오래 전 그날을 마음 깊이 감사했다. 페리의 이등석은 좌식이었다. 신발을 벗고 다리를 뻗어 비스듬히 누웠다. 입안에는 끼니마다 챙겨 먹은 성게알과 각종 해산물 내음이 비릿하게 고여 있었다. 몽환적인 음악을 반복해 듣다가, 갑판에 나가 한동안 멀어지는 섬을 눈에 담았다.

반쯤 뜬 태양 위에다 다릴 포개고 앉아서 그냥 가만히 있자.

따뜻한 이불 속같이 햇살이 우릴 덮으면 녹아버릴 거야.

한밤만 자고 일어나면 금방 돌아올 거야.

우리의 어린 밤을 지켜줬던 그 빛일 거야. 또 보러 가자. ……

all the above past and present, fast forward……

어제도 오늘도 내일도 우리는, 앞으로 이렇듯 이렇게.

– 혁오, 〈공드리〉 중에서

파동이 몸 구석구석을 흔들어댔다.

엔진 때문인지, 아니면 파도가 손을 흔든 건지 모르겠다.

お喋り 25

에필로그, 아주 달콤했던 인생 한 조각

열여섯 달의 기록
홋카이도의 수다

인천행 비행기는 창가 자리로 부탁했다. 홋카이도에서 보낸 열여섯 달이
알알이 이슬로 맺히고 있었다. 언제든 그 자리에 있을 나의 섬,
나의 도시를 떠나고 있었다. 안녕! 나직이 인사를 했다.

홋카이도에서의 수다는 여기서 끝이 난다. 긴 여행을 마친 우리 손에는 백지가 쥐어져 있나. 하얗고 보드랍다. 그 위에 무엇이든 써보려 한다. 나는 다시 대학에 다니며 글 쓰는 일을 찾기로 했다. 남편은 회사로 돌아간다. 우린 여전하다. 현실과 이상, 그 무엇도 포기하지 못하고 있다.
아직 할 말이 많이 남아 아쉽다. 북쪽의 작은 섬에서 태어나는 들꽃 빛깔은 무엇인지, 내가 만난 사람들의 사연이 어찌나 시시콜콜한지, 일본의 매뉴얼 정신에 답답해 미치지 않으려면 어떻게 해야 하는지, 쉰아홉 번째 내리는 눈 풍경은 어떠했는지……. 못 다한 이야기는 마음에 담아두었다.
여행 같은 일상, 일상 같던 여행이었다. 하루에도 몇 번씩 뒤바뀌는 섬의 날씨처럼, 홋카이도의 삶은 예측 불가능한 일로 가득했다. 내일도 이곳에서 살 것처럼, 마지막 날을 보냈다. 애써 아무렇지 않은 척했다. 아쉬움이 걷잡을 수 없이 커지고 있었다. 사람들과 웃으며 안녕을 하고, 사진을 찍고, 팔 근육이 떨리도록 짐을 쌌다. 그래도 실감이 나지 않았다. 한동안, 아니 어쩌면 아주 오래 하지 못할 것들을 떠올렸다. 마지막 월요일의 술잔, 화요일의 버스 정류장, 수요일의 눈 밟기, 목요일의 나무 냄새, 전깃줄이 바람에 흔들릴 때 나던 금요일의 까마귀 울음 같은 소리…….
그렇게 마지막 밤이 찾아왔다. 창문을 열어 숨을 들이마셨다. 폐부에서 들고 난 숨이 홋카이도의 찬 공기에 섞여 들었다. 들숨이 끝나기도 전에 하늘에서 달을 찾아냈다. 반은 밝고 나머지는 어둠에 둘러싸여 있었다. 가려진 반쪽이 훤하게 밝혀질 때쯤 나는 서울에 있었다. 무언가 다른 차원의 세계로 이동한 알싸한 기분이었다. 딸려온 박스와 짐 가방을 보니 문득 두려움이 엄습했다.

낯선 곳에 한번 살아보는 건 생각만큼 어렵지도, 그리 간단하지도 않았다.
모든 게 새롭고 좋아 보이던 감성은 두어 달 정도로 끝이 났다. 결국엔 먹고 사는 이야기였다. 어떤 날은 은근한 차별을 겪기도 했고, 이기지 못할 언쟁을 하기도 했다. 곳곳에 있기 마련인 나쁜 사람도 만났다. 며칠을 한자와 씨름해야 살 집을 구할 수 있었고, 추위에 벌벌 떨며 아르바이트를 하기도 했다.
한국에서의 안정적인 삶을 내려놓았다. 타국의 맨땅에 헤딩했던 선택의 결론은? 반반이었다. 후회한 적도 있다. 다만 결과가 아닌 소중한 과정을 얻은 여행이었다. 행복의 순간은 감사히 여겼고, 슬픔의 감정은 차분히 지나가길 기다리면 됐다. 불행이 찾아왔을 땐 스스로를 가엽게 여겨야 했는데, 그 과정은 무척이나 길고 지독히 어려웠다. 사람 사는 일 모두 이런가 싶다. 과정도, 결과도 온전히 자신의 몫이다. 지난 열여섯 달이 우리 집 울타리의 한 부분이 됐다. 언젠가는 기름진 양분이, 뜨거운 심지가 되어주리라 믿는다.

모든 생의 극적인 순간은 순식간에 지나가는 걸까. 열여섯 달이 지난밤 꿈 같다. 깨어나니 어쩐지 다른 사람이 된 기분이다. 몇 년 전까지 나는 평범한 대한민국 사람이었다. 야근과 주말근무로 퉁퉁 부은 다리를 주무르며 살았다. 효율성에 대해 가장 비효율적으로 논하느라 지쳐 있었다. 현실의 많은 걸 내려놓고 떠났을 때 어떤 사람들이 물었다. 지금이 얼마나 중요한 때인데 시간이 아깝지 않느냐고.

그때 망설였던 대답을 지금은 할 수 있다.

"전혀!"

현실의 짐은 생각보다 가벼웠다. 그런 것 없이도 세상 사람들은 그들만의 방식으로 잘만 살고 있었다. 무엇보다 원 없이 놀았으니 괜찮다. 사람들이 포기하지 못하는 삶의 단맛을 나는 이제 모른다. 그런 사회적 바보가 되었다. 예측 불가능한 것에 대해 익숙해지는 '즐거운 불안함'이 뜻밖의 행복을 가져다 주었다. 통장에 찍힌 숫자가 마이너스를 향해 가고, 빌딩 속에 내 자리 하나 없지만, 후회 없다면 된 거 아닐까? '정녕 날짜와 요일로만 살아갈 수 없는 것이 인간의 삶'(윤대녕, 『이 모든 극적인 순간들』)이라는 말이 마음에 들어찬다.

뒤늦은 고백을 하자면, 이곳에 오기 전 나는 삶에 자신이 없었다. 쿨하게 사표를 던지고 나니 막상 할 수 있는 일이 별로 없었다. 자유로운 영혼 행세를 했지만, 스스로가 못나게 느껴졌다. 별볼일 없이 늙어 죽는 건 시간 문제인 것 같았다. 자괴감이 응어리져 사람들을 피했고, 작은 일에도 움츠러들었다. 소중한 인연들을 흘려 보냈고, 시간은 버려졌다.

그때 찾은 북쪽의 섬은 내가 주절대던 이야기를 한없이 들어줬다. 그 지질한 사연은 하얀 눈 무덤 속에 잘 파묻혀 있을 거다. 『홋카이도, 여행, 수다』는 기행문을 빙자한, 뒤늦은 방황의 고백이다. 이방인이 머금고 있던 외로움의 배출구이기도 했다. 한국에서 차마 버리지 못해 가지고 왔던 짐 꾸러미는 삼분의 일 수준으로 줄었다. 나도 그만큼 가벼워진 것 같다. 속 썩이던 모멸, 자괴, 허영의 부끄러운 감정들을 오래도록 끓여 올렸다. 홋카이도의 바다로, 하늘로, 숲으로 날려 보냈다.
인천행 비행기는 창가 자리로 부탁했다. 홋카이도에서 보낸 열여섯 달이
알알이 이슬로 맺히고 있었다. 언제든 그 자리에 있을 나의 섬, 나의 도시를
떠나고 있었다. 크고도 어여뻤다.
"오래도록 그 모습 간직해줘. 안녕!"
나직이 인사를 했다.

내 인생의 아주 달콤했던 한 조각이 어느 북국의 섬에 남아 있다.